문재인의
나라다운 나라

소통과 화합의 시대를 열어갈 위대한 시작

문재인의
나라다운 나라

| 장혜민 지음 |

더휴먼

차례

기회는 평등하게, 과정은 공정하게,
결과는 정의롭게

2017년 3월 10일, 대한민국 헌정사상 첫 대통령 파면 결정이 났다. 2016년 9월 국정농단 파문에서 시작하여 대통령 탄핵까지 6개월여의 긴 시간이었고, 그동안 광화문 광장에서는 토요일마다 대통령 탄핵을 요구하는 촛불 집회가 열렸다. 20여 차례 1500만의 촛불은 위정자들에게 '권력의 주인은 국민'이라는 사실을 여실히 보여주었으며, '촛불' 민심이 이끈 '박근혜 대통령 탄핵 심판' 결정은 1987년 6월 항쟁 이후 또다시 이뤄낸 국민 승리가 되었다.

정권 교체와 나라다운 나라에 대한 국민의 바람은 2017년 5월 대통령 선거에서 문재인을 대통령으로 선택했다. 10명이 넘는 대통령 후보 속에서 5명이 접전을 벌였고, 일찌감치 문재인이 높은 지지율로 앞서 나갔지만 대통령 선거의 특성상 마지막까지 긴장을 늦출 수 없는 상황에서 투표가 치러졌다. 하지만 촛불 민심에 힘입어 2012년 18대 선거에서 통한의 패배를 당했던 문재인이 재수 끝에 드디어 2017년 19대 대통령에 당선되었다.

그동안 문재인 하면 '노무현의 친구'라는 말이 따라왔고, 본격적으로 정치에 입문한 것도 노무현 전 대통령의 죽음이 가져온 부채감과 의무감 때문이라고 알려졌다. 그리고 이는 스스로도 이야기했듯이 상당 부분 사실이다. 문재인은 오랫동안 인권변호사로 활동해왔고 변호사로 살기를 원했다. 하지만 2003년 노무현이 대통령에 취임하면서 민정수석비서관을 제안했고, 문재인은 민정수석이 끝이고 정치는 하지 않을 거라는 조건으로 수락했다. 총선 출마를 재촉하는 당시 열린우리당의 요구를 뒤로 하고 2004년 청와대를 떠나 히말라야로 갔던 문재인은 노무현 대통령 탄핵 소식에 급히 귀국하여 노무현 대통령의 곁으로 돌아갔다. 대통령 탄핵이 기각되어 노무현 대통령은 다시 대통령에 복귀했고, 문재인은 비서실장으로서 노무현 대통령이 임기를 마칠 때까지 함께 일했다.

2008년 경남 양산으로 내려간 문재인은 정치와 거리를 두고 칩거에 들어갔다. 하지만 2009년 노무현 대통령이 서거하면서 다시 역사의 전면으로 걸어 들어와야 했고, 끊임없이 벗어나려 했지만 다시 돌아올 수밖에 없었던 그는 이를 '운명'이라고 표현했다.

노무현을 내려놓으며 노무현재단 이사장직도 함께 내려놓습니다. 하지만 끝이 아닙니다. 끝은 새로운 시작입니다. 이제 저는 정치인 문재인으로 다시 시작합니다. 국민들의 사랑이 가장 큰 무기라고 믿는 정치인이 정치인 같지 않은 정치인으로 다시 시작합니다. …… 사람 사는 세상, 그 어떤 것보다 사람이 먼저인 나라, 사람이 중심인 사람이 주인인 나라. …… 이제 시작입니다.

_ '노무현재단 이사장직'을 내려놓으며

문재인은 이렇게 운명처럼 정치를 시작했고 2012년 총선을 지휘한 뒤, 18대 대통령 후보로 나섰다. 이명박 정부에 대한 국민의 비판 속에서 문재인의 대통령 당선 가능성이 점쳐졌지만 아쉽게도 결과는 패배였다. 하지만 그는 여기서 멈추지 않고 18대 대선의 문제점을 철저하게 분석하고 자기반성을 실시했으며 혁신과 통합, 소통을 위한 시도를 멈추지 않았다. 그리고 2017년 19대 대통령에 당선되면서 10년 만에 정권 교체를 이루었다. 박근혜 정부의 온갖 실정과 국정농단, 세월호 참사 속에서 정권 교체와 나라다운 나라에 대한 국민들의 강한 열망은 문재인을 대통령으로 선택했다.

지난 2016년 광화문에 모였던 20여 차례의 촛불 집회에는 엄청난 수가 참여했지만 시위는 결코 폭력적으로 흐르지 않았고, 새로운 세상을 열망하는 국민들의 축제의 장이자 진정한 민주주의의 토론장이었다. 이렇게 평화롭게 진행된 촛불 집회의 힘은 평화적인 정권 교체를 이뤄냈고 민주주의 역사의 자랑스러운 기억으로 오랫동안 남을 것이다. 그리고 그런 국민의 기대 속에 탄생한 문재인 정부가 그동안 막혀 있었던 소통과 경청의 길을 열고 '기회는 평등하고, 과정은 공정하며, 결과는 정의로운' 나라다운 나라를 만들기를 기대한다. 운명처럼 시작한 정치에서 국민만 보고 바른 길로 간 대통령으로, 정치인으로 역사에 남기를 바란다.

1 원칙으로 경쟁하라

우리가 세상일을 통제하는 것이 아니라 원칙이 통제하는 것이다.
우리는 자신의 행동을 통제하지만, 이런 행동의 결과는 원칙이 통제한다.
_스티븐 코비

한 학생이 자신의 친구에게, 이번 시험이 어려웠다며 불평을 털어놓는 것을 들은 적이 있다. "커닝 페이퍼 만들어 놓고 못 봤어. 다른 애들은 드러내 놓고 보던데, 나는 소심해서 보지도 못하고. 이번 시험 완전히 망했어." 학생의 말에서 시험을 능력껏 보지 못한 안타까움보다 자신이 준비해 둔 커닝 페이퍼를 보지 못한 아쉬움이 더 크게 느껴졌다. 그리고 일말의 억울함도 엿볼 수 있었다. 다수가 그릇된 방법으로 목적을 성취하는데 자신은 그렇게 하지 못해 손해를 보았다고 생각한 것이다.

오늘날에는 뛰어난 성과를 보이는 사람들이 영웅시된다. 그리고 그런 영웅 가운데는 목적이 훌륭하면 수단은 어떤 것이 되어도 좋다고 말하는 이들이 있다. 그들은 "지금의 자리에 오기 위해 뭐든지 했습니다. 과정이 어떻든 목적을 이루는 것이 가장 중요하니까요" 라고 말한다. 그들의 출세 가도를 보고 많은 사람이 이와 같은 방법을 쓴다. 그러나 문재인은 그들의 논리에 정면으로 반박한다. 원칙을 지키는 것이 진정한 성공이라고.

원칙 중심의 삶

'원칙맨, 최고의 원칙주의자.' 문재인을 곁에서 지켜본 관료들은 그를 이렇게 정의했다. 비단 그의 편에 서 있는 이들만의 이야기가 아니다. 정치적인 의견을 달리하는 이들은 "노무현은 믿지 않지만 문재인은 믿는다"라고 말할 만큼 그의 원칙 중심의 삶에 이견을 달지 않았다. 원칙을 중히 여기는 그의 성격에 대해 한 관계자는 '정치적인 마인드'가 아니라고도 이야기했다. 모략과 술수가 난무하는 정치계에 그의 원칙은 생소하다는 뜻이었다.

문재인은 고지식하고 타협을 모르는 사람처럼 보였다. 이 사회가 만들어 놓은 성공의 방정식에서 벗어난 문제아였다. 하지만 그는 편법으로 사회적 지위를 획득한 사람보다 더 많은 신뢰와 지지를 받았다. 원칙에 따른 소신 있는 행동이 오히려 그의 매력이 된 것이었다. 무소의 뿔처럼 당당하게 걸어가는 그의 모습에 사람들은 '진정 신뢰할 만하다'고 여기며 마음을 열었다.

2012년 18대 대선을 치르기 1년여 전부터 한 여론조사 전문기관이 차기 대선 후보 지지도를 묻는 설문조사를 실시한 결과 문재인은 야권주자 1위를 차지했다. 그때 문재인은 출마에 대해 강한 의지를 보이지 않고 있었는데, 국민들이 그에게 보내는 지지는 매우 남달랐다. 정치 혐오증이 팽배한 때에, 사람들은 원칙 중심의 정치권 사람을 찾고 있었던 것이다.

원칙을 지키는 것이 이익이다

문재인의 실무 스타일은 '공평무사'로 압축될 수 있다. 그는 학연이나 지연, 그리고 친분 여부 등의 사사로운 관계에 있어서는 더욱더 원리 원칙을 지켰다. 그것이 장기적으로 서로 간의 신뢰를 구축하는 데 도움이 된다고 믿었기 때문이다.

노무현 대통령 후원회장이 모함을 받아 청와대 민정 조사를 받게 된 적이 있었다. 그는 노 전 대통령과 각별한 친분이 있었고 문재인과도 오랫동안 보아 온 막역한 사이였다. 그렇기에 그는 민정수석이었던 문재인을 찾아가 무슨 죄로 나를 조사하느냐고 항의했다. 죄 없는 것을 알지 않느냐고, 내가 이 조사를 왜 받아야 하느냐고 따졌다. 그런 그를 보고 문재인은 한참 침묵을 지켰다. 그리고 어렵사리 입을 열었다. 조사를 받아야 한다는 대답이었다. 아무리 가까운 사이라도 원칙을 지켜야 한다는 것이 문재인의 철학이었다. 결국 후원회장은 공평한 절차에 따라 조사를 받았다. 이 일을 계기로 그는 문재인을 더욱 존경하게 되었다고 고백했다.

문재인은 원칙을 위해서라면 직언도 서슴지 않았다. 지위고하를 막론하고 그는 공정성과 형평성, 정의에 거스르는 것이라면 담대히 '아니오'라고 말할 줄 아는 사람이었다.

'네'라고 말하는 것은 쉽지만 '아니오'를 말하는 것은 어렵다. 수십 년 전 미국에서 실시된 애쉬 프로젝트는 사람들이 '네'라는 말을 얼마나 쉽게 하는지 보여 준다. 애쉬 박사는 피실험자 세 명에게 스크린 위에 있는 세 개의 선을 보여 주며 어느 것이 가장 긴지 물어보았다. 세 명 중에 두 명에게는 실험 중이라는 사실을 알려 주고, 다른 한 명에게는 알려 주지 않았다. 가장 긴 선은 언제나 하나였고, 시력이 나쁘거나 지능이 낮은 사람도 맞힐 수 있을 정도로 답은 확실했다.

그러나 이 실험을 알고 있는 피실험자 둘은 일부러 짧은 선을 보고 가장 길다고 계속 주장했다. 이에 나머지 한 사람은 정답을 말하다가 나중에는 자신의 주장을 굽히고 두 사람의 의견에 수긍했다. 이처럼 사람은 쉽게 주변 환경에 동조한다. 그렇기에 원칙을 지키는 것이 쉽지 않다. 모두 '좋다'고 말하는 데 홀로 '아니오'라고 말하는 것은 위험을 무릅쓰는 일이기 때문이다.

원칙에 부합되지 않는 일에 동조함으로써 감당해야 할 위험은 더 크다. 전 세계적으로 존경받는 리더십의 권위자 스티븐 코비가 어느 토크쇼 인터뷰에서 히틀러의 삶에 대해 "히틀러는 원칙이 아니라 가치를 추구한 사람이었어요. 그가 추구한 가치는 독일을 통일하는 것이었습니다. 그러나 그는 원칙을 지키지 않았고, 그에 따른 응분의 결과를 감수해야 했지요. 그 결과는 정말 엄청난 것이었습니다. 몇 년간 전 세계를 혼란에 빠뜨렸으니까요"라고 말한 적이 있다. 그의 말처럼 원칙을 지키지 않는 대가는 참으로 혹독하다.

이를 문재인은 잘 알고 있었다. 그는 자신의 저서 《문재인의 운명》북 콘서트에서 원칙을 지키는 이유를 "원칙을 지키는 것이 이익이다. 당장은 아니더라도 길게 보면 이익이라고 생각하는 믿음이 있어야 한다"라고 밝혔다. 그는 술수보다 우직한 원칙으로 속임수도, 불공정함도 없는 성공의 길을 가고 있다. 원칙은 올바른 길을 알려주는 동시에 가장 정확한 지도다. 반면 단기적인 이익을 가리키는 편법은 잘못된 지도로 길을 잃게 만든다.

승리하고 싶다면, 성공하고 싶다면 원칙이라는 기준점을 세워 두고 일해야 한다. 청년들이 가장 멘토로 삼고 싶어 하는 인물로 손꼽히는 안철수 서울대학교 융합과학기술 대학원장은 자신의 성공 이유를 원칙 우선주의에 둔다. 그는 "굳이 따진다면 제가 원칙에 충실한 경영을 해 왔기 때문인지도 모르겠습니다. 사실 외국 회사가 좋은 조건에 인수하겠다고 제의한 적도 많았거든요. 상당히 매력적인 제안도 많았습니다. 하지만 저는 '장기적으로 보자, 돈과 명예를 빼고 발전적인 사실만 보고 판단하자'라고 스스로 다짐하고 모두 거절했습니다. 저는 원칙에 맞지 않으면 그 프로젝트를 포기하는 한이 있더라도 시행하지 않습니다. 그래서 우리 회사의 핵심 가치는 '정직'입니다. 단기적으로 손해를 보더라도 핵심 가치는 흔들리지 않아야 합니다. 만약 핵심 가치를 깨트려야만 어떤 일을 할 수 있고 그렇게 하지 않으면 회사가 문 닫을 지경이 된다면, 저는 차라리 회사 문을 닫는 편이 낫다고 생각합니다"라고 말하며 원칙의 중요성을 강조했다.

지금 삶에 아무런 성과도 나타나지 않고 사람들과의 관계가 악화되어 간다면, 원칙이라는 올바른 지도를 구비해야 할 때다. 스스로를 위한 원칙을 세우고 날마다 그에 따라 살았는가를 자문해 보아야 한다. 삶의 근본으로 돌아가 '나는 인간의 도리를 다하며 올바르게 살았는가? 나는 초심을 잃지 않았는가? 나는 옳은 가치를 믿으며 행동했는가?' 물으며 방향을 올바르게 맞추는 것이 필요하다.

문재인, 그는 민정수석으로 발탁되었을 때, 노 전 대통령에게 자신의 일은 원리 원칙을 지키는 것이라고 말했다. 그리고 참여정부의 마지막까지 그 초심을 잃지 않고 호시우행(虎視牛行)의 자세로 뚜벅뚜벅 걸어왔다. 원칙과 실리의 대립에 그는 원칙을 붙잡았고 특권과 유착, 권위주의 등을 청산하며 현실의 한계를 극복했다.

원칙이 이끄는 삶만이 진정으로 한계를 뛰어넘게 한다. 옳지 않은 방법을 통한 현실 돌파는 타협에 불과하다. 또한 문제를 덮어 버리는 미봉책일 뿐이다. 원칙을 지키며 삶의 문제에 직면하는 것, 그것만이 진정한 성공이다.

2 깨끗하고
또 깨끗하라

부와 귀는 사람마다 원하는 것이지만 부정으로 얻은 부귀라면 탐하지 아니하며,
빈천은 사람마다 싫어하나 도의적인 빈천이면 기피하지 아니한다.
_공자

언젠가 필자는 베트남 수도 하노이를 방문
했다. 베트남 안내원이 하노이에 왔으면 '호 아저씨(Uncle Ho)' 생
가와 박물관에 가 보아야 한다고 추천했다. "호 아저씨?" 필자가
되묻자, 그는 베트남 국민은 호찌민을 친근하게 '호 아저씨'라고
부른다며 웃었다. 그 애칭에는 호찌민에 대한 베트남인들의 무한
한 존경과 사랑이 담겨 있었다. 호찌민의 어떤 면이 그토록 사람들
의 마음을 움직였던 것일까.

베트남인들이 기억하고 있는 호찌민은 검소하고 청빈했다. 그들
은 한 지도자의 청렴함을 보고 호감과 신뢰를 보냈다. 호찌민은 주
석궁 안에 있는 정원사 숙소를 자신의 거처로 사용했고 자신에게 영

웅이 할 법한 장식을 결코 허락하지 않았다. 심지어 폐타이어를 잘라 샌들을 만들어 신고 다닐 정도였다. 이런 그의 깨끗한 인격이 그를 베트남 국민 영웅으로 만든 원천이었다.

문재인을 지지하는 이들 역시 베트남인들이 호찌민을 사랑하는 이유와 같은 맥락으로 그를 좋아한다. 언젠가 월간《신동아》에서 조사한 여론조사 결과에 따르면 국회로 보내고 싶은 인물 1위로 문재인이 뽑혔다. 그에게 권력 의지가 나타나지 않는다는 이유에서였다. 즉, 탐욕을 멀리하는 청렴한 공직관을 가진 인물이라는 뜻이다.

그의 검소하고 절제된 생활은 언론에서도 많이 보도가 되어 사람들 사이에 크게 회자되었다. 청와대 비서진과 기자들은 문재인을 일명 '깔끔맨' '진지 Itself(그 자체)'로 부른다. 그는 공사 구분이 칼 같아 비서진과 기자들을 업무 외에는 따로 만나는 일이 거의 없다. 그의 단짝인 부산 정치개혁추진위원회 조성래 변호사는 "그는 2차 가는 법이 절대 없다. 밤 10시면 정확하게 귀가하고 다음날 동료들이 다 망가진 모습으로 나타나도 그는 홀로 말끔하게 나타나곤 했다"라고 말했다.

특히 그는 청와대 생활을 하는 내내 '깨끗하고 또 깨끗하라'라는 그의 가치관을 지켜 왔다. 노 전 대통령 임기 중에 검사장으로 승진한 열일곱 명은 모두 문재인이 졸업한 경남고등학교 동문이 아니었는데, 그 점만 보아도 그가 얼마나 공사 구분에 철저했는지 짐작할 수 있다. 뿐만 아니라 문재인은 사적인 관계가 업무에 영향을 미칠까 염려하여 아예 동창회에 얼굴을 비추지도 않았다. 고교 동기인 고위 공직자가 그를 찾아왔다가 얼굴도 못 본 채 쫓겨났을 정도였다.

그의 이런 행동은 그와 같이 일하던 청와대 비서진들에게까지 영향을 미쳤다. 투명한 청와대 확립을 위해 강도 높은 도덕성이 요구되었던 것이다. 출퇴근 시간 엄수, 골프 금지, 유흥업소 출입 금지, 대선 후보 줄서기 차단 등이 그 예였다.

윤리적 리더십을 발견하다

문재인은 주위 사람들에게 '결벽주의자'로 평가받을 만큼 투명성에 신경을 써 왔다. 그 이유는 무엇일까. 그는 민정수석으로 있으면서 정치 인사들의 부패, 근거 없는 의혹 제기와 같은 책략 등을 경험했고 그에 대해 환멸을 느꼈다.

이문열의 소설 《우리들의 일그러진 영웅》의 엄석대와 같이 선생님에게 부여받은 권한을 권력으로 사용하여 자신의 이익을 증대시키는 사람들을 보아 온 것이다. 그는 국민으로부터 책임을 위임받은 사람들이 그 권한을 올바르게 사용하기를 원했다. 리더들에게 주어진 권한이 선하게 쓰여 긍정적인 영향력을 미치는 권위가 되기를 바랐다. 그러기 위해서 가장 먼저 수반되어야 하는 것은 바로 청렴성이었다. 아서 코터렐, 로저 로우, 이안 쇼가 지은 《리더의 본질》에서는 "경영자는 마음에 힘이 없으면 무력하다. 힘은 비전이 없으면 위험하고 청렴성이라는 힘이 없으면 폭넓은 인간관계를 지속할 수 없어 인생이 무의미하다"라고 말하며 리더가 갖춰야 할 특징으로 청렴성을 꼽았다.

비윤리적이거나 부정적인 행위는 권력과 야망을 더욱 키운다. 중국의 옛말에 '멈출 줄 알아야 위태롭지 않다'라는 격언이 있다. 권력을 이용해 줄을 만들며 편을 가르고 잘못된 방법으로 수혜를 입는 자를 만들수록 그 조직의 기능은 마비된다. 권력으로 혜택을 받은 자들이 옳고 그름을 따지지 않고 무조건 권력을 가진 편에 서기 때문이다. 즉, 비전은 사라지고 권력자의 욕심만이 끝없이 생겨 돌이킬 수 없는 위험에 빠진다.

정도를 지키며 욕심 부리지 않고 만족할 줄 아는 것, 그것은 하루

이틀 사이에 체득되지 않는다. 오랜 기간 부단하게 현실과 타협하지 않고 욕심을 제어해야 가능하다.

문재인은 1982년, 그의 나이 서른에 노 전 대통령과 합동법률사무소를 시작하면서 투명성을 몸으로 습득했다. 그는 '깨끗한 변호사'를 목표로 했고 그동안 관행적으로 해 왔던 사건 수임 '소개비(커미션)'와 판검사 접대도 딱 끊었다.

지금은 소개비가 변호사법에 아예 금지 조항으로 명시되어 있지만 당시에는 관행이었다. 법원이나 검찰 직원, 교도관, 경찰관 등이 사건을 소개해 주고 소개비로 20퍼센트 정도를 챙기는 것이 보통이었다. 그게 점점 확대되어, 심지어는 은행이나 기업 법무팀에서도 사건을 보내 주면서 커미션을 받았다.

하지만 문재인이 부산에서 변호사로 활동하던 당시 자주 들렀다는 어느 식당의 주인아주머니는 "다른 변호사들은 수시로 판사와 검사를 데리고 복국을 먹으러 왔지만 문 변호사는 한 번도 검사, 판사들과 밥을 먹지 않았다"라고 전하기도 했다. 이렇듯 그는 젊은 시절부터 양심에 거리낌이 있는 행동은 하지 않았다.

윤리적인 행위를 고수하는 삶을 살아온 그는 어떤 상황에서도 도덕을 저버리지 않았다. 그리고 그는 깨끗함이 경쟁력이라고 말했다.

과거에는 약간의 속임수가 인생을 사는 방법이었으나 지금은 청렴이 가장 근본이 되어야 한다고.

그의 말처럼 청렴을 바탕으로 성공해야 한다. 비밀스럽고 교활하며 교묘하게 부정 이익을 취하는 사람들, 어떤 수단과 방법도 개의치 않고 권력을 이용해 그것을 정당화시키는 사람들, 동료나 부하의 공을 가로채는 사람들 가운데서 투명한 방법으로 발전을 이룬다는 것은 어찌 보면 무모해 보일 수도 있다.

하지만 2001년 헤이 그룹이 기업가들을 대상으로 실시한 조사를 보면 윤리와 경제, 그 두 가지가 함께 상생한다는 것을 알 수 있다. 그 조사에서 성공적인 기업가들 4분의 3 이상이 높은 수준의 청렴성을 보여 주었다. 또한 그들은 금전적인 손실이 날지라도 윤리를 무시하지 않는다고 답했다. 경제와 도덕이 어느 한쪽에 편중되지 않고 조화를 이룬다면, 청렴성이 기본이 되어 발전해 나간다면, 위태위태한 성공보다 더 안정적이며 지속적인 성공을 얻을 수 있다는 뜻이다.

함정에 빠지지 않는 기술, 청빈의 생활화

문재인의 청렴성은 공적인 부분에서 그치지 않았다. 그의 삶 곳곳에서 청빈과 검소함이 엿보였다. 서울에서 공직 생활을 할 때, 그는 평창동의 조그만 연립주택에 세를 얻어 살았다. 외제차가 즐비한 그곳에서 그는 렉스턴 중고차를 직접 운전했다. 일반 구내식당에서 식사를 하고 비행기나 기차의 일반 좌석을 이용하는 등 그의 일상은 무척이나 소박했다.

그는 취미 또한 검소했다. 여타의 변호사처럼 골프를 즐기지도 않았다. 오직 산과 들에 핀 야생화를 감상하는 일이 그의 취미였다. 혼자 등산이나 걷기를 좋아해서 수행원 없이 북한산 등산을 자주 다녔다고 했다. 자연 속에 있을 때 편하고, 즐겁고, 행복감을 느낀다는 그는 야생화에 관해서는 전문가 수준이었다.

그의 청빈한 생활은 청와대 근무가 끝나고도 계속 이어졌다. 서울을 떠나 양산에 새 둥지를 틀었는데, 경제적 상황이 넉넉하지 않은 까닭이었다.

대부분의 고위 공직자들은 재산이 늘어났지만, 그는 오히려 저축해 놓은 돈을 다 써 버렸다. 그가 정해진 월급만 가지고 정직하게 생활했다는 증거였다.

　게다가 한때 '정권 실세'였던 그였기에 그는 혹시 있을지도 모르는 '전관예우'를 피하기 위해 7~8개월가량 공백기를 가졌다. 그리고 변호사로 복귀했을 때, 전관예우 대신 전관박대를 한다고 너털웃음을 지으며 오히려 좋아했다. 또한 딸의 결혼식 때에도 사사로운 관계로 얽히는 것을 염려해 청첩장을 돌리지 않았다.

　그의 청렴성을 보면 고고한 선비가 떠오른다. 옛 선비들은 예에 규정된 등급 기준을 뛰어넘는 소비는 사치고 기준에 못 미치면 검소라고 보았는데, 공자는 이를 두고 부득이한 경우 검소가 사치보다 낫다고 여겼다. 즉, "예는 사치스러운 것보다 차라리 검소한 것이 낫고, 상례는 잘 치르기보다는 차라리 슬퍼하는 것이 낫다"라는 것이다. 또 다른 말로 "사치스러우면 불손해지기 쉽고 검소하면 고루해지기 쉬우나, 불손한 것보다는 차라리 고루한 것이 낫다"라고도 했다.

　자기가 맡은 소임은 부지런하게 다하면서도 청렴을 잃지 않겠다는 자세를 가질 때 사회에 선한 영향력을 끼치는 사람이 될 수 있다. 물욕이 낳는 악순환의 고리를 끊고 검소함과 투명함으로 인격을 닦아 나간다면 인생의 방향은 선순환으로 바뀔 것이다. 단기적 이익이

아닌 도덕적 양심에 따른 삶, 인생을 길게 보고 현명하게 대응할 줄
아는 장기적인 안목이 필요하다.

3 겸손으로 사람의 마음을 얻어라

진정으로 용기 있는 사람만이 겸손할 수 있다. 겸손은 자기를 낮추는 것이 아니라
도리어 자기를 세우는 것이다.
_브하그완

빙긋이 수줍게 웃는 미소, 큰 소리로 호쾌하게 웃는 너털웃음, 환하게 활짝 웃는 함박웃음, 눈으로 가볍게 살짝 짓는 눈웃음……. 지금 이 글만 보고도 행복한 미소를 짓는 사람이 있을 것이다. 버라이어티 프로그램을 보던 중 개그맨의 웃음소리를 좇아 무심결에 따라 웃기도 하고, 아기의 까르르 미소에 자연스레 화답하며 웃음을 짓기도 한다. 그만큼 웃음은 전염성이 강하다. 그리고 사람의 마음을 움직이는 힘이 있다.

그런 면에서 웃음은 한 인간이 지닌 가장 중요한 재능이기도 하다. 문재인은 수줍게 잘 웃는다. 옅게 미소 짓는 그를 보면 덩달아 기분이 좋아진다. 그래서일까. 그는 기자들 사이에서 '친절맨'으로

통한다. 탄핵이나 박연차 문제 등에서도 그는 언제나 친절했다. 얼굴을 찡그리거나 언성을 높이지 않았다. 노 전 대통령을 보필하면서 그는 묵묵하게, 그저 살짝 미소 지은 채 자리를 지켰다.

어려운 상황에서 평상심을 유지한다는 것은 쉽지 않은 일이다. 시련이 오면 갈대처럼 흔들리는 것이 사람의 본성이기 때문이다. 그래서 평상시보다 더 예민해지고 작은 말에도 날카롭게 반응한다. 고통 속에서도 여유로움을 잃지 않는 모습은 영웅 서사시에서나 볼 수 있고, 우리 주변에서는 무척 드문 일이다. 예측하지 못한 상황이 닥쳐올 때, 누구나 당황스러울 수 있다. 그러나 그 충격이 계속되어 갈피를 못 잡는다면 일은 더욱 꼬이고 만다. 현실을 담담하게 읽고 다음 상황에 어떻게 대비할 것인가에 대한 대안을 세워야 한다.

문재인은 상황이 좋지 않을수록 진가가 드러나는 전형적인 외유내강형 인물이다. 2004년 문재인은 민정수석직을 사임하고 자유인이 되어 히말라야로 여행을 갔다. 그는 네팔 카트만두에서 노 전 대통령의 탄핵 소식을 접했다. 이미 국내에서는 헌정사상 초유의 대통령 탄핵으로 모든 국민이 충격에 휩싸여 있었다. 문재인 또한 탄핵 소추안이 발의되었다는 사실에 놀라지 않을 수 없었다.

그는 정국이 매우 어려운 상황일 거라 판단하고 여행을 중단했다.

그런데 네팔을 떠날 때, 그는 노 전 대통령에게 한 통의 전화도 하지 않고 곧장 귀국길에 올랐다. 그리고 훗날 이를 두고 전화비가 비싸서 전화하지 못했다고 농담 삼아 이야기했다. 그가 위기 가운데 얼마나 재빠르게 판단하고 행동했는지 알 수 있다. 문재인은 충격을 받았지만 결코 갈팡질팡 헤매지 않았다. 모두가 경악하는 상황에서도 침착하게 결단했다. 그리고 돌아와서는 본격적으로 노 전 대통령을 변호하기 시작했다.

그는 부드러우면서도 심지가 굳고 강하다. 우리의 선조들은 바람직한 리더십의 덕목으로 '외유내강'을 제일 중요하게 생각했다. 그 이유는 리더가 이끄는 조직 자체가 강함과 유함이 절묘하게 섞여서 운영되기 때문이다. 그 가장 큰 예가 경쟁과 협력이다. 경쟁하면서 역량을 강하게 하고 협력하면서 부족한 부분을 보완하며 조직은 점점 발전한다.

'외유'와 '내강'이 적절하게 조화되어야만 개인과 조직 모두가 균형을 잃지 않는다. 그러나 요즘은 경쟁 과잉 시대다. 서로 뺏고 비난하며 헐뜯기 바쁘다. 모두 자신의 승리에 중점을 둔다. 경쟁자를 물리치고 성공을 거두는 것이 가장 중요한 사항이 되었다. 큰 목소리와 강한 힘으로 제압하는 사람이 더욱 뛰어난 사람처럼 여겨진다.

그 결과 서로 의지하고 상생하는 '외유'는 점차 설 자리를 잃게 되었다. 조용하고 온화한 힘으로 상대방을 대하는 사람은 왠지 유약하게만 느껴진다.

강(剛)이 싸워서 고군분투하여 이기는 힘이라면 유(柔)는 싸우지 않고도 이기는 힘이다. 배려, 존중, 친절, 유머 등이 바로 유(柔)에 속하는 능력이다. 여유롭게 세상을 품는 유머를 지니고 있고, 겸손할 줄 알며, 배려로 상대방을 위할 줄 아는 이들은 사람의 마음을 강력하게 끌어당긴다.

우리가 마음속으로 응원하는 사람들을 돌이켜 보면 그들 중 독불장군식의 리더는 없다. 함께 일하고 싶은 사람, 혹은 롤 모델이 되는 사람 역시 전문성과 함께 따스한 인격이 돋보이는 사람들이다. 최인호의 소설 《상도》에 "장사란 이익을 남기기보다 사람을 남기기 위한 것이다. 사람이야말로 장사로 얻을 수 있는 최고의 이윤이며, 따라서 신용이야말로 장사로 얻을 수 있는 최대의 자산인 것이다"라는 말이 나온다. 마음을 믿고 따를 수 있는 사람이 결국 진정 성공의 길을 걷는 사람이라는 뜻이다.

겸손, 사람의 마음을 움직이는 가장 강력한 힘

　문재인을 만나 본 사람들이 이구동성으로 하는 말이 있다. '겸손하다'는 것이다. 특히 아랫사람을 만날 때 그는 예의를 갖추며 존중한다. 노무현 정책학교 수강생이나 봉하마을 사람들은 그를 '겸손이 몸에 밴 사람'이라고 한다. 눈이 마주치는 사람마다 연신 고개를 숙이며 인사하고 손아랫사람이라도 그를 존중해 하대하지 않고 의견을 받아들이는 사람, 이것이 타인의 시선으로 본 문재인의 모습이다.

　사실 그의 소탈하며 겸손한 모습은 그의 팬들이 올린 사진이나 블로그를 통해 종종 소개가 되곤 했다. 그는 대선 직후 노무현 당선자를 만나기 위해 서울에 올라올 때도 비닐봉지에 속옷 뭉치와 서류 몇 장만 달랑 들고 왔다고 한다. 골프의 재미보다 등산을 더 좋아하는 변호사 아저씨. '돈이 중요하긴 하지만 돈이 제일 중요한 것은 아니다'라는 가치관으로 분수에 넘지 않는 보통 사람의 삶을 사는 사람이 그이다.

　전 청와대 민정수석, 법무법인 부산의 대표. 이 두 가지만 보아도 그는 고개를 빳빳이 세울 만도 한데 그런 모습이 전혀 없다. 인기가 높아짐에 따라 정치에 출사표를 던지라는 의견이 거세졌지만 그는 절대 자신을 과대평가하지 않는다. 한 기자가 정치를 하라는 압박을 점점 더 많이 받을 텐데 어떻게 할 생각이냐고 묻자 자신을 겸손하게 평했다. "착한 역할만 했기 때문에 반사적으로 주어진 것"이라며 "정치를 시작하면 곧바로 밑천이 드러날 것"이라고 말했다. 그의 대답은 의례적인 겸양이 아닌 진심이었다. 자신의 지식과 경륜이 부족하다는 자각이었다.

자신의 한계에 대한 명확한 인식과 그로 인한 겸허한 자세가 결국 패자와 승자를 가른다. 《초한지》의 항우와 유방을 보면 겸손과 교만이 각기 어떤 결과를 낳는지 볼 수 있다. 제대로 할 줄 아는 게 없었으나 자신의 한계를 명확히 인지했던 유방은 장량과 소하, 한신을 곁에 두어 천하를 얻었다. 하지만 스스로를 불세출의 영웅으로 여겼던 항우는 충신 한 사람조차 제대로 품지 못해 역사에 길이 남는 패자가 되었다. 겸손과 교만이 두 영웅의 삶을 결정지었던 것이다. 굽힘은 지는 것이 아니다. 오히려 어려움을 이겨내고 더 강하게 다음 문제를 헤쳐 나갈 수 있게 한다.

2004년 천성산 내원사에 거처하던 지율 스님이 터널 공사에 반대해 도롱뇽 살리기를 내걸고 오랫동안 단식을 한 적이 있다. 100일을 꼬박 단식하는 무척 위태로운 상황이었다. 당시 시민사회수석이었던 문재인은 지율 스님을 찾아가 무릎을 꿇고 사정해 겨우 단식을 풀었다. 스님의 손을 꼭 붙잡고 "지난번 단식할 때도 뵈었는데, 그 때보다 건강이 훨씬 안 좋아 보인다"며 걱정했다. "스님께서는 굳은 의지로 하시는 거지만 보통 사람이 보기에는 가슴이 조마조마하다. 스님께서 건강 때문에 스님과 함께하는 사람들에게 걱정을 끼쳐서야 되겠느냐"라고 덧붙였다. 그의 부드러운 리더십을 상징적으로 드러내는 장면이라 할 수 있다.

상대를 존중하고 진심으로 대한 결과, 천성산 환경영향 공동조사단을 꾸려 공동조사에 착수하는 것으로 합의를 이끌어 냈다. 그리고 일시 중단되었던 천성산 터널 공사를 재개했다. 그는 겸손의 힘으로 이 일을 마무리 지었다. 사람들은 자기를 내세우려고 애쓰는 사람보다 타인을 높여 주려는 사람에게 마음이 기운다. 부드러움은 사람을 강제로 끌어당기지 않는다. 자존심과 오기는 갈등을 더욱 첨예하게 만들 뿐이다. 고개를 숙여야 할 상황을 알고 굽힐 때, 사람들은 절로 다가온다.

미국의 프랭클린 루스벨트 대통령이 젊은 시절 많은 사람으로부터 존경받는 한 인사의 집을 방문한 적이 있다. 가슴을 펴고 머리를 곧추세우고 집 안으로 들어가던 중 그는 문머리에 이마를 부딪치고 말았다. 그는 주인에게 입구를 왜 이렇게 불편하게 해 놓았느냐고 물었다. 그러자 주인은 "많이 아프죠? 지금 머리가 띵한 그것이 오늘 당신이 나를 방문해서 얻은 최대의 수확일 겁니다. 세상을 별 탈 없이 살려면 머리를 숙여야 할 때 반드시 그래야 한다는 진리를 기억해야 합니다. 이것이 내가 당신에게 꼭 해 주고 싶은 말입니다"라고 답했다. 루스벨트는 이 교훈을 잊지 않고 실제 삶에 적용했다.

몸을 낮춘다는 것, 상대방의 의견을 따르는 것은 패배가 아니다. 오히려 용기가 필요하기에 내면이 강하지 않고는 어려운 일이다. 사람들과 관계를 좋게 하려고 아무리 노력해도 나아지지 않는다면 내 속에 자존심과 우월감이 있기 때문이다. 사람들은 행동 이면에 있는 본심이 진심인지, 아니면 가식인지 본능적으로 구별한다. 사람은 본래 불완전한 이성과 지성으로 미완된 존재다. 그 사실을 깨닫고 지금 내 앞에 있는 이, 나와 함께하는 이에 감사하며 겸손하게 살아야 한다. 그래야 우리 스스로 깨뜨릴 수 없었던 장벽을 함께 힘을 모아 넘어갈 수 있다.

4 긍정으로
변화를 일으켜라

성취에 필요한 힘을 일깨우기 위해 이용할 수 있는 가장 강력한 자기 암시는
'나는 내가 뜻하는 사람이 될 수 있다.'라는 말이다.
_찰스 해낼

인물 사진의 거장, 유섭 카쉬의 '으르렁거
리는 사자'를 기억하는가. 영국 총리 처칠의 매서운 눈빛이 고스
란히 담긴 사진, 그 사진에는 처칠의 카리스마가 생생하게 담겨
있다. 이 사진을 찍기 위해 카쉬의 재기가 빛을 발했다. 처칠의 강
력한 오라를 담기 위해 카쉬는 처칠이 피우고 있던 시가를 갑자기
빼앗아 버렸다. 그리고 그 찰나의 순간을 놓치지 않고 셔터를 눌
렀다. 처칠은 짧은 몇 초만에도 상대방을 제압하는 기운을 얼굴에
드러냈다.

이처럼 얼굴은 감출 수 없다. 얼굴에는 삶의 이력과 마음 상태가
오롯이 드러난다. 이에 링컨은 "마흔이 넘으면 자기 얼굴에 책임을

져야 한다"라고 말했다. 그렇다면 문재인의 얼굴은 어떠한가. 《딴지일보》의 총수인 김어준은 문재인을 가리켜 "각국 정상들 앞에 섰을 때 부끄럽지 않다"라고 말했다. 즉, 문재인의 젠틀함, 긍정적인 이미지가 뛰어나다는 이야기다.

외모에서 드러나는 그의 이미지는 내면에서부터 형성된 것이다. 내면 깊은 곳의 이미지를 자아 이미지라고 부르는데 그에게는 '할 수 있다'라는 긍정적인 인식이 내재해 있다. 해 보지 않은 일이더라도 '잘할 것이다'라는 긍정의 언어가 그의 삶 전체를 움직이고 있다.

유년 시절, 문재인은 특별히 재능이 있는 아이가 아니었다. 오히려 눈에 띄지 않았다고 《문재인의 운명》에 밝혔다. 키도 작고 몸도 약했으며 아주 내성적이었다고. 선생님과 돈독하지도 않았고 성적에 관심도 없어서 공부를 잘하지도 못했으나 부모님께서도 나무라는 일이 없었다. 6학년 때 선생님께 성적이 좋다는 칭찬을 받고 따로 과외 수업을 받으라는 권유를 들었으나 형편이 안 좋다고 말씀드리고 집에 가서는 아무 말도 꺼내지 않을 만큼 일찍 철든 아이. 가난해서였다. 문재인은 풍족한 친구들이 경험하거나 느끼지 못했을 가난을 겪으며 좀 더 깊은 생각과 자세를 가질 수 있었다고 했다.

중학생이 된 이후, 문재인의 내면에 바른 마음가짐이 자리할 수 있었던 것은 독서 덕분이었다. 시내 잘사는 동네에 있던 경남중학교에 입학하면서 문재인은 대체로 부유한 아이들과 뒤섞여 공부하게 되었다. 이미 영어를 술술 읽는 친구들 사이에서 기가 죽었다. 노는 문화와 용돈 씀씀이도 큰 차이가 나서 친구들과 어울리기가 쉽지 않았다. 그래서 문재인은 학교 도서관에서 홀로 보내는 시간이 많아졌다. 책을 읽을 때가 가장 행복했고 그 재미를 알게 되면서 늘 책과 가까이했다. 교과서도 재미있었던 그 시절, 문재인은 동화책이나 아동 문학, 위인전 같은 책을 읽었다. 시간이 날 때마다 학교 도서관에 가거나 책을 대출해 읽는 습관은 고등학생이 될 때까지 계속되었다. 한국 소설에서 외국 소설로, 분야를 넓혀 다양한 책을 섭렵하며 그의 의식은 날로 발전했다.

체계적인 계획이나 목표 없이 마구 읽었지만 그는 독서를 통해 세상을 알게 되었다. 사회의식도 생겼고 내면이 깊이 성장했다. 어느새 그는 읽기만 하는 소극적인 지식인이 아니라 불의에 대항할 줄 아는 행동력과 실천력을 가진 사상가로 자라 있었다. 점점 암울해져 가는 시대와 마주 선 개혁의 중심인물로 성장했다. 시한폭탄처럼 금세 터질 것 같은 시국을 그는 긍정적인 힘으로 맞섰다.

실천할 때 발휘되는 에너지

한 포털 사이트에서 성인 남녀를 대상으로 행복한 삶을 위해서 가장 중요한 내면의 태도가 무엇인지 묻는 설문 조사를 진행했다. 참여자 중 절반 가까이가 '긍정'을 가장 중요한 내면의 태도로 꼽았다. 이어서 자신을 사랑하는 자기애, 쓰리지만 참고 견디는 인내, 냉정과 함께해야 더욱 뜨거워지는 열정, 진정 삶을 즐길 수 있는 도전, 폭풍 속에서도 살아남을 수 있는 유연함, 자아를 높여 주는 자부심 순으로 나타났다.

또한 성공하는 삶을 위해서 가장 중요한 행동의 태도로는 '실천력'이 꼽혔다. 즐거움을 선사하는 유머 감각, 커피보다 진한 미소, 건강함을 유지하는 습관, 매력적인 스타일, 기분 좋은 리액션 등이 하위 항목으로 집계되었다.

즉, 행복과 성공을 이루는 삶을 위해서는 긍정적인 생각과 함께 실천하는 자세가 가장 중요하다는 결과다.

행복한 삶을 위해 중요한 내면의 태도로 긍정을 꼽은 것은 현대사회를 살아가고 있는 사람들의 사회 심리적인 변화를 반영한다. 긍정적인 태도는 고난이나 어려움에 처했을 때 큰 힘을 발휘한다. 역설적으로 바라보면 현재 우리가 처한 상황이 부정적이기에 긍정에 대한 중요성을 더욱 많이 인식하고 있다는 반증이다.

성공하는 삶을 위해 중요한 행동의 자세로 실천력이 꼽힌 것도 시사점이 크다. 많은 사람이 행복과 성공을 추구하고 있지만 소극적으로 행동하고 있다는 역설이다.

날마다 자기계발서에 얼굴을 묻고 끊임없이 연구하지만 정작 그 책이 강조하는 행동력은 보이지 않는다. 가장 중요한 것은 바로 실천으로 옮기는 적극적인 행동이라는 사실을 잘 알고 있으면서도 말이다.

가난과 독서는 어린 문재인에게 긍정적인 자아를 선사했다. 그리하여 자기애, 자부심, 열정, 긍정, 끈기, 소통력, 도덕심, 겸손, 사랑, 자기표현, 미소, 도전 정신, 공감, 의리, 감사, 배려, 리액션, 대화, 스타일, 습관을 다지게 했다. 무엇보다 이런 태도를 행동으로 보여주는 '실천력'을 갖게 했다. 표류하는 시대 앞에서 단 한시도 가만히 앉아 있지 않았던 사람. 문재인은 역경에도 불구하고 긍정적인 자아 이미지를 다져 자신의 가치를 높였다.

자신의 내면과 외면이 조화를 이루면 긍정적인 자아 이미지가 부각된다. 누가 알려 준 적도 없는데 문재인은 가난과 독서로 그 진리를 자연스럽게 터득했다.

그리하여 아무런 재능도 없고 오히려 남들보다 처졌던 아이에서 거대한 시국과 나라의 불법을 거침없이 지적하는 법조이자 정치인으로 성장했다. 범접할 수 없는 한 나라의 대통령과 어깨를 나란히 하고 '동무'가 되었다. 동무인 그를 위해 또다시 위법을 가려내고 비판하며 싸우고 싸우는 삶을 살 수 있었다. 자신만의 긍정 에너지를 무기 삼아 더욱 정진할 수 있는 힘을 다졌다.

위기에서 빛나는 건강한 자아

1980년 5월 15일, 문재인은 여러 동료와 서울역 광장에 함께 있었다. 박정희 대통령이 피살된 후 권력을 장악한 신군부에 맞서 운동권이 격렬한 투쟁을 벌이던 때였다. 그들은 민주화 요구 시위의 주역이 되어 대학생들을 이끌었다. 20만 명의 대학생이 서울역 광장에 몰렸지만 서울대학교 총학생회를 비롯한 각 대학 총학생회장단은 군 투입설에 흔들렸다. 당시 서울대학교 총학생회장이었던 심재철 의원은 "엄청난 역사의 무게를 감당하기에 20대 초반의 우리는 너무 어렸고, 상황을 너무 몰랐다"라고 회고했다. 고려대학교 총학생회장이었던 신계륜 의원이 "철야 농성이라도 벌이자. 이대로 돌아갈 수는 없다"라고 주장했지만 군 투입 소식을 접한 이들의 마음을 돌릴 수는 없었다. 당시 심재철 서울대학교 총학생회장, 유시민 서울대학교 대의원회 의장, 복학생 막내인 김부겸 등은 "쿠데타의 빌미를 줄 수 있다. 일단 퇴각하자"라고 했다. 함께 있던 서울대학교 이수성 학생처장도 "여기저기 알아보니 생각보다 상황이 심각하다"라고 충고했다. 강경 진압을 할 거라는 이야기에 지도부는 결국 '회군'을 결정했다.

그러나 경희대학교 복학생이었던 문재인은 시위 경험이 없던 모교 재학생들을 이끌고 그날의 시위를 이끌었다. 지도부가 흩어진 상황에서도 그는 반독재 민주화를 위해 '꼭 해내야 한다'고 생각했다고 한다. 그는 늘 최악의 상황을 뚫고 나아갔다. 이전 경희대학교 유신 반대 시위 때, 총학생회장이 구금되자 스스로 비상학생총회를 개최하고 학생들 선두에 나섰던 것처럼.

서울의 모든 대학생이 결집했던 5월 15일. 그날 서울역에는 민주화를 향한 열기가 가득했다. 경찰과 대치 상황이었던 학생들 중에 한 명이 시내버스를 타고 경찰저지선을 뚫었다. 그때 전경 한 명이 숨겼고 '경희대 복학생회' 플래카드가 맨 선두에 있었다는 이유로 문재인은 경찰에 연행됐다. 자신이 옳다고 생각한 것은 끝까지 굽히지 않았던 문재인은 부정적인 생각으로 두려워하지 않았다. '넌 못해. 안 돼'라는 비관적 자아의 틀에 갇히지 않았고, 남들이 피하는 상황에서도 오히려 담대히 나아갔다.

남 앞에 나서는 것을 잘하지도 못하고 좋아하지도 않았던 문재인은 "만약 자신이 운동권이 많은 서울 법대 소속이었다면, 적당히 중간에 끼어 따라다녔을 것"이라고 고백했다. 하지만 당시 경희대학교의 학생운동은 활발하지 않았기에 누구든 용기를 내서 결단해야 했다. "누군가가 앞장을 서 줘야 하는데, 따라다닐 사람은 많지만 앞장서 줄 사람이 없었다. 어쩔 수 없이 그렇게 됐다"라며 그는 당시를 회상했다.

비범한 사람이 되는 프로그래밍, 긍정

사람들은 자신에 대한 잘못된 인식으로 두려움에 떨며 상황을 악화시킨다. 만약 내면에 '난 할 수 없어'라는 생각을 지니고 있으면 일을 시작하기도 전에 주눅이 들고 자신감이 떨어진다. 심리학자 프레스코트 레키 박사는 자아 이미지에 관한 실험을 한 결과, 흥미로운 사실을 밝혀냈다.

단어 시험 100문항 중 55문항의 철자가 틀려 여러 과목에서 낙제점을 받았던 학생이 다음 해에는 평균 91점을 받아 1등을 한 사례가 있었다. 학점이 좋지 않아 학교를 그만둔 어느 여학생은 시간이 흘러 콜롬비아 대학교에 입학해 모든 과목에서 A 학점을 받는 우등생이 되기도 했다. 또한 시험 당국으로부터 영어를 구사할 능력이 없다고 통보받았던 한 소년이 이듬해 문학상 시상식의 주인공이 되는 경우도 있었다. 그들은 과연 어떻게 이런 뛰어난 성취도를 보일 수 있었을까. 결론은 이 학생들의 성적이 나빴던 이유가 그들의 기본적인 능력 탓이 아니라는 것이었다.

문제는 자아 이미지였다. 레키 박사는 공부를 못하는 학생들이 가지고 있는 부정적인 언어 표현을 발견했다. 학생들은 "나는 멍청이인가 봐", "나는 원래부터 공부를 못해", "이건 천성적으로 약해"라는 말을 입에 달고 살았다. 이러한 생각이 그들의 성적 하락 요인이었다.

그래서 그는 학생들에게 자아 이미지를 밝은 쪽으로 바꾸도록 유도했다. "나는 낙제생이에요"라고 말하는 대신에 "이번에는 못 했지만 할 수 있어"와 같은 긍정적인 표현을 사용하도록 훈련했다. 그결과 학생들은 차츰차츰 시험 성적이 올라갔고 마침내 우수한 학생이 되었다.

문재인은 스스로 고백했듯이 내성적인 성격을 가지고 있다. 경남고등학교 재학 시절 그는 공부는 잘했지만 그렇게 눈에 띄는 학생은아니었고, 한마디로 '범생이'였다. 그의 동창들은 조용한 모범생이었던 그를 떠올리며 "나중에 대학에 가서 학생운동을 했다는 얘기를 듣고 설마 싶었을 정도로 정말 조용히 공부만 하는 친구였다. 부산스럽다거나 교우관계가 넓은 편은 아니었고, 늘 같은 친구들과다녔다. 상당히 내성적이었다"라고 말했다.

그는 학창 시절 수줍음을 많이 타는 성격이었다. 그런 그가 어떻게 사람들을 이끌고 나서서 이야기를 할 수 있게 된 것일까. 사실 그의 내향성은 성인이 된 지금도 종종 드러난다. 그가 부산의 대선본부장을 맡고 있던 시절 중앙당에 공식 지원금을 요청하는 말을 꺼내는 데 30분 이상이 걸렸다는 일화는 이미 유명하다. 이렇듯 어린 시절의 내성적 기질이 아예 사라진 것은 아니다.

문재인은 자신의 성격 자체를 개조하려 하지 않았다. 오히려 그런 자신의 모습을 덤덤히 받아들였다. 그 대신 단점이라 여기는 부분을 긍정의 관점으로 바라보았다. 그는 자신을 '말 잘하는 변호사'가 아니라 '말수가 적은 변호사'라고 말한다. 이는 자기 비하가 아닌 굉장히 객관적인 자아 평가다. 그는 말을 못한다고 하지 않았다. 단지 남들보다 말을 적게 한다는 사실을 말한 것이다. 그리고 더 나아가 그 사실을 자신의 강점이라고 이야기한다. 한 인터뷰에서 기자가 변호사인데도 말수가 적은 것에 대해 묻자 "말하는 것을 별로 좋아하지 않는다. 상대방의 이야기를 성의 있게 많이 들으려고 하면 일도 오히려 잘되곤 한다"라고 대답했다. 그는 남들이 자신의 약점이라고 여기는 것을 능력이라고 보는 긍정적인 생각을 가졌다. 그에게 말수가 적음은 단점이 아니라 경청할 수 있도록 만드는 힘이었고, 이를 이용해 일에서도 뛰어난 성과를 냈다.

사람은 스스로 그려놓은 자아 이미지에 따라 반응한다. 내가 할 수 있다고 말하는 순간 뇌에서는 심리적 일관성을 추구하기 위해 자신의 활동을 일치시키려는 경향이 있다. 반대로 "나는 말을 잘 못해. 또 당황할 거야"라고 생각하거나 말하는 순간, 행동도 이처럼 일치하기 위해 말을 더듬게 된다.

레키 박사는 "사람들은 무의식중에라도 자신의 말과 행동을 일치시키는 것을 도덕적이라고 생각한다. 자기 최면에서 벗어나는 것이 중요하다"라고 했다. 어려운 일들, 자신의 성격이나 재능과 어울리지 않는다고 생각하는 일이 있는가. 그렇다면 레키 박사의 이론을 떠올리며 '난 잘하고 있는 거야'라고 말하면서 두려움을 떨쳐 내라. 어느 순간 안심이 될 것이다.

생각이 현실을 바꾼다

대선 출마를 앞두고 문재인은 노 전 대통령의 참모로 있었던 때보다 더 자주 사람들 앞에 모습을 드러내며 활발한 활동을 했다. 본업인 변호사는 물론 '(재)사람사는세상 노무현재단' 이사장, '(재)아름다운 봉하' 감사를 맡았다.

이외에도 야권 통합 운동에 적극적으로 나섰다. 야권 통합 추진 기구인 '희망 2013, 승리 2012 원탁회의'가 열렸는데, 문재인 역시 이에 참여하며 야권의 대통합론을 강조했다. 노 전 대통령을 뒤에서 조용히 섬기던 것과 사뭇 다른 모습이었다. 기자들의 전화를 받지 않는게 편하다고 말했던 민정수석 때와는 달리 카메라 앞에 서는 것을 피하지 않았다. 무엇이 그를 변화시켰을까.

문재인이라고 두려움이 없을 리 없다. 김제동의 '토크 콘서트'에 게스트로 참여했을 때, 그는 무대에 서기 전 긴장하여 무척이나 떨었다. 수천 명의 사람이 이 콘서트를 보러 봉하마을로 온 것이다. 그들 앞에 서려니 그 또한 긴장을 안 할 수가 없어 마른침만 꿀꺽 삼켰다. 무슨 이야기를 해야 하는지 막막해하는 그의 모습에 김제동은 별 부담 없이 이야기하면 된다고, 걱정하지 말라고 그를 안심시켰다. 그는 김제동에게 "어떻게 그 긴 시간을 혼자 진행해야 할지 잘 모르겠어요. 아무런 준비도 안 했고, 뭘 해야 할지도 모르겠고. 뭘 해야 하냐고 물어보니까 아무것도 준비할 필요 없다고 하더군요. 자꾸 물만 마시게 되고, 남의 프로그램 망칠까 싶어서 긴장돼 죽겠어요"라며 두려움을 토로했다.

그는 긴장감을 뒤로하고 이내 무대에 올랐다. '한번 해 보자'라는 각오로 말이다. 처음에는 긴장한 듯했지만 그는 곧 자신의 페이스를 찾고 웃으며 말할 수 있었다. 그의 생각처럼 자신을 변화시키는 가장 좋은 방법은 먼저 발부터 담그는 것이다. 어렵지만 시작하고 나면 일에 대해 탄성이 붙어 두려움과 거부감도 쉽게 이겨낼 수 있다.

특히 스포츠에서는 이런 개념을 바탕으로 '그냥 해 봐'라는 유명한 말도 생겨났고 이를 이용하는 선수들도 꽤 많다. 한국 리듬체조의 스타 손연재는 곡예에 가까운 동작을 하는데 무척 혹독하게 연습한다. 그녀는 하루에 7시간 동안 4종목을 훈련한다고 한다. 그렇게 운동하는 이유는 두려움을 없애기 위해서다. 충분히 훈련해서 이제 됐다고 느낄 때 비로소 부상에 대한 공포감이 사라지기 때문이다.

이처럼 힘겹다고 느끼는 상황과 자주 부딪치다 보면 그에 대한 공포를 물리칠 수 있다. 문재인은 기본적으로 무대에서 대중을 대하는 것이 힘겨운 사람이었다. 무대에 서는 것이 자신에게 맞지 않는다고 여겼지만, 반복적으로 자신을 무대에 노출하면서 거부감을 이겨냈다. 김제동의 토크 콘서트에서 그는 "저에게는 대중 공포증과 무대 공포증이 있어요. 울렁증 같은 거. 그나마 맡고 있던 직책 때문에 어쩔 수 없이 앞에 서서 말할 일이 많았고 덕분에 극복하고 좋아진 편이에요"라며 떨리는 자신의 심경을 고백했다.

긍정적인 생각은 긍정적인 변화를 가져온다. 우리는 본래 긍정적 자아 이미지와 강한 의지력을 지니고 태어났다. 그러나 성장하면서 부정적인 이미지를 자신에게 주입시키고 의지력을 잃어버린다. '나는 제대로 하는 게 없어'라고 말하기를 중단하고 자신을 칭찬하며 긍정적 이미지를 키워 나가야 한다. 그럴 때 우리 안에 있는 강력한 힘이 발동한다. 이루고 싶은 최종 목표가 있다면 그에 대한 성공의 확신을 자신에게 분명히 들려줘라. 그리고 그 광경을 마음속으로 계속 그려라. 상상의 힘, 긍정이 이루고 싶은 목표에 달성하게 돕는 수단이 될 것이다.

5 최선의 태도를 선택하라

사람에게서 모든 것을 다 빼앗는다 해도 한 가지만은 결코 빼앗을 수 없다. 그것은 바로 인간 자유의 최후의 보루로, 주어진 어떤 환경에서도 자신의 태도를 선택할 수 있는 자유다.
_빅터 프랭클

"슬픈 일…… 입니다." 2009년 5월 23일 문재인은 기자들 앞에 서서 노 전 대통령의 서거 사실과 서거 원인을 발표했다. '일'과 '입니다' 사이의 긴 침묵이 그의 마음을 대변해 주고 있었다. 그는 아득해진 머릿속과 무너져 내리는 마음을 추스르는 중이었다. 뒤이어 "노무현 전 대통령께서 오늘 오전 9시 30분경 이곳 양산의 부산대병원에서 운명하셨습니다"라는 말을 이었다.

비보를 전하는 그의 모습은 침착하고 냉정했다. 이따금 고개 숙인 표정과 가라앉은 목소리에서 반평생의 동행자를 잃은 그의 슬픔이 느껴질 뿐, 겉으로는 드러나지 않았다. 하늘이 무너지고 팔다리가 후들거릴 일을 당하고도 그는 담담하고 정제된 모습이었다. 모든 이가 침통, 애도, 충격 등에 휩싸여 있을 때, 그는 그 비통함 한가운데에 있으면서도 흔들리지 않았다. 몸을 제대로 가누지 못할 정도로 오열하는 안희정 충남도지사, 이 비극적인 상황을 만든 시국에 분통을 터뜨리는 유시민 국민참여당 대표와 달리 그는 그저 묵묵히, 온몸으로 슬픔을 견뎌 냈다. 뿐만 아니라 가장 앞서서 장례 일정을 준비했다.

어떻게 그렇게 침착함을 유지하며 아픔과 고통을 이겨낼 수 있었을까. 노 전 대통령 서거 1년이 지난 후 한 기자와의 인터뷰에서 그는 "겉으로만 그렇게 보였을 뿐 앞이 캄캄하고 경황이 없었던 것은 나도 마찬가지였다"라고 고백했다. 그 상실의 충격은 30여 년을 함께 걸어온 지기인만큼 더했다. 그는 노 전 대통령의 죽음 이후 1년이 지났지만 여전히 트라우마를 벗어나지 못했다고 술회했다. 나는 아직도 다 이겨내지 못했다고. 모든 활동을 접고 아무것도 하고 싶지 않지만, 노무현재단 일과 추모기념사업 등을 하지 않을 수 없어서 그냥 참고 견디는 중이라고.

반평생의 동행자를 잃은 참담한 상황 속에서 그는 오로지 한 가지 생각으로 견뎠다. 여러 가지 판단과 결정이 필요한 어려움 가운데 자신까지 감정에 좌우되면 안 된다는 마음이었다.

'나까지 정신을 놓으면 안 된다. 뭘 해야 할지 생각해야 한다. 당장 해야 할 일이 뭔지 내가 판단해서 결정해야 한다.' 그렇게 그는 자신의 태도를 통제했다. 이러한 마음가짐으로 그는 자신의 태도를 통제한 것이다.

그는 '어떻게 이런 일이, 믿을 수 없다'는 공황에 빠지기보다는 현실을 정확히 인식했다. 정신을 차리고 침착하자고 마음을 다잡았다. 그리고 차분하게 장례 과정을 주도했다. 이런 문재인의 모습은 인생의 문제에 대응하는 우리의 자세와 너무나도 다르다.

우리는 살면서 수많은 고비와 시련을 겪는다. 자연재해, 전쟁, 폭력, 사별 등의 불행은 우리를 끊임없이 찾아오며 괴롭힌다. 이런 아픔은 아무리 반복되어도 익숙해지지 않는다. 매번 힘들고 막막하다. 그래서 우리는 문제 앞에 우울해하고 자괴감에 빠진다. 또는 지쳐서 무기력해지거나 막연한 낙관주의에 모든 것을 맡긴 채 '될 대로 되라' 식의 행동을 한다.

그러나 이는 절망과 좌절을 이겨내는 열쇠를 스스로 내팽개쳐 버리는 것과 같다. 불행 속에서 우리가 선택할 수 있는 것은 오로지 '태도'뿐이기 때문이다.

사람 간의 관계나 재력 등은 우리의 뜻대로 할 수 없다. 그러나 태도는 마음만 먹으면 더 나은 쪽으로 바꿀 수 있다. 그렇기에 시련에 맞닥뜨렸을 때, 가장 먼저 해야 할 것은 최선의 태도를 견지하는 것이다. 최악의 상황에서 해결책을 찾아 최고의 상황으로 만드는 일은 전적으로 태도에 달렸다.

삶을 성공으로 이끄는 사소한 차이, 태도

사람들은 종종 "태도가 불량해" 또는 "저 사람 태도가 바르다"와 같은 말을 한다. 그러나 태도가 무엇이냐고 물어보면 당혹스러워한다. 눈에 보이는 행동과 달리 태도는 복잡하고 알쏭달쏭한 무언가가 더 있다. 이에 분석심리학자 융은 태도를 '어떤 특정한 방향으로 행동하거나 반응하는 정신의 준비 태세'라고 했고, 심리학자 올포트는 '어떤 사람(혹은 물건)에 대해 특정한 방식으로 생각하고 느끼고 행동하려는 학습된 성향'이라고 정의 내렸다. 간단히 말하자면 태도란 마음에서 시작해 바깥으로 드러나는 몸짓, 감정, 사고 등의 복합체라 할 수 있다.

태도의 요소인 생각, 언어, 행동을 조율하면 성공은 그리 멀리 있는 게 아니다. 세계적인 성공학 강사인 존 맥스웰은 태도가 인생관과 대인관계를 결정지을 뿐만 아니라 성공과 실패의 유일한 차이라고 강조했다. 태도는 감정과 사고의 변화로부터 시작해 마음을 바꾸게 하고 삶 전체를 좌우하기 때문이다.

미국의 100대 여성 기업인이자 미국 연설가 협회의 유일한 한국인인 진수 테리, 그녀를 대표하는 이미지는 '긍정적인 태도'다. 미국인에게 많은 사랑을 받고 있는 그녀의 태도는 타고난 것이 아니었다. 20여 년 전만 해도 그녀는 전형적인 한국 스타일이었다. 옆 사람과 말도 하지 않고 무표정으로 자신의 일에만 신경 썼다. 열심히만 하면 성공할 것이라고 생각했지만 그녀는 회사로부터 해고당했다. 그 이유는 그녀의 태도에 있었다. 무뚝뚝하고 무서운 이미지의 그녀를 동료들이 받아들여 주지 않았던 것이다.

그 후로 그녀는 자신의 태도를 바꾸기로 마음먹었다. 살아남기 위해 어떻게 웃고 다른 사람들과 어떻게 소통해야 하는지 익히기 시작했다. 표정과 말투, 대화법을 바꾸면서 그녀는 어느새 매력적인 사람으로 탈바꿈했다. 그리고 현재 진수 테리는 일개 사원이 아닌 CEO로, 래퍼로, TV 방송 기획자로의 삶을 즐기며 살고 있다.

이처럼 태도는 아주 사소한 데에서 시작하지만 삶을 성공으로 이끄는 중요한 요소다. 진수 테리는 자발적으로 화를 내기보다는 웃고, 불평하기보다는 감사하는 태도를 선택했다. 그리고 훗날 이를 바탕으로 F.U.N 경영을 기업에 도입해 뛰어난 매출을 올렸다. 결국 일상생활 매 순간에 선택한 태도가 지금의 나를 만드는 것이다. 또한 어떤 경험을 받아들일지, 거부할지, 사실을 어떻게 해석할지에 따라 미래에 있을 성공의 기회가 커지기도 하고 작아지기도 한다.

문재인은 모두가 애통해하는 그날, 노 전 대통령의 마지막 가는 길을 준비하며 최선의 태도로 임했다. 성난 조문객들이 김형오 전 국회의장의 조문을 몸으로 막자, 그는 "여러분! 국회의장의 조문을 막는 것은 예의가 아닙니다. 노 전 대통령께서도 이런 상황을 원치 않으실 것입니다"라고 말하며 주위를 진정시켰다. 또한 노 전 대통령의 영결식장에서 백원우 민주당 국회의원 등 일부 격양된 참석자들이 조문하러 온 이명박 대통령에게 '사과하라'고 소리를 지르며 뛰쳐나갔을 때도 그는 중심을 잃지 않았다. 소동이 무마된 뒤 문재인은 이 대통령에게 사죄의 뜻으로 고개를 숙였다. 정중한 태도로 자칫 잘못하면 아수라장으로 돌변할 수 있었던 위기를 지혜롭게 넘긴 것이다.

그는 감정적으로 반응할 수 있는 선택의 순간에 가장 적절하고 냉철하게 대처했다. 오늘날 절제되지 않은 분노로 상대방에게 최소한의 존중도 해 주지 않는 경우가 얼마나 많은가. 정제되지 않은 태도는 반감에 부딪혀 더욱 큰 반격으로 되돌아오고, 갈등만을 불거지게 한다. 이처럼 잘못된 태도는 삶에 다툼과 분노만을 가져온다. 우리에게는 여러 가지 상황에 대처할 수 있는 능력과 각각의 태도를 선택할 수 있는 권한이 있다. 이를 올바르게 사용할 때만이 좋은 결과가 나온다. 순간의 화, 불만을 멈추고 사실을 있는 그대로 바라보며 생각과 태도를 정할 때, 세상은 따스한 미소를 보낼 것이다.

6 뜨거운 열정으로
끝까지 도전하라

세계의 어떤 것들도 열정 없이 이루어진 것은 없다.
_게오르크 헤겔

　　문재인은 '변호사 문재인'이기 전에 '노 전 대통령의 친구 문재인'으로 세상에 더 많이 알려져 있다. 청와대 민정수석을 두 차례, 그리고 시민사회수석과 비서실장을 한 차례씩 맡으며 노 전 대통령을 보필한 까닭이다. 청와대 근무 기간에 그는 민정수석의 고유 업무인 공직자 사정(대통령 친인척 관리)인 사검증 이외에도 노사 갈등, 교육행정정보시스템(NEIS) 등 다양한 영역의 업무를 진행했다. 이처럼 많은 사안을 밤늦게까지 처리하는 그를 보고 민정수석실 직원들은 "수석이 집에서 일할 수 있는 환경을 만들어 주어야 한다"며 그 열정에 혀를 내둘렀다.

　　주어진 일에 100퍼센트를 넘어 120퍼센트로 일하던 문재인은 노 전 대통령의 퇴임과 동시에 행정 업무에서 벗어났다. 그는 청와대를 떠나는 날, '야, 나도 해방이다!'라고 속으로 소리를 지르며 기뻐했을 것이다. 그에게 민정수석이라는 직책은 눈 딱 감고 '죽었다' 생각해야 할 만큼 큰 책임이 따르던 자리였기 때문이다. 부담스러웠지만 책임을 회피할 수 없었던 그는 끝까지 노 전 대통령의 곁을 지켰다. 그리고 그 모든 책임을 마친 순간, 그토록 바라던 본래의 자리로 돌아갔다. 바로 '변호사'라는 직업으로 말이다.

그는 한 강연에서 "청와대에서의 민정수석 문재인, 인권 변호사 문재인 둘 중에 어느 것이 더 좋으냐"라는 질문을 받은 적이 있다. 그는 "변호사로 불러 주면 제일 좋다. 평생 천직으로 생각해 왔으니까"라고 답했다. 변호사로서의 자부심과 열정이 묻어나는 답변이었다. 변호사로 돌아온 그는 자신의 한계 용량을 초과하는 것처럼 보였던 민정수석 때와는 다른 모습이었다. 이전보다 더 편안하고 행복해 보였다.

문재인은 변호사를 평생의 직업이라고 했다. 천직, 즉 모든 정열을 쏟을 수 있는 직업이라는 이야기다. 자신의 직업을 천직으로 여기는 사람은 굳이 다른 데서 행복을 찾을 필요가 없다. 자신이 하고 싶은 일을 하는 것이 곧 행복과 직결되기 때문이다.

긍정 심리학의 창시자인 마틴 셀리그먼 교수는 우리가 가장 잘하는 일을 할 때 느끼는 행복이야말로 가장 완전한 행복이라고 말한다. 그래서 자기의 일을 소명으로 믿는 이는 부와 명예가 보장되지 않아도 그 일을 계속한다. 그리고 보상이 적다고 해도 열정을 가지고 몰두한다.

자신의 일을 향한 열정은 몰입을 가져다주고, 나아가 비전을 꿈꾸게 한다. 어떤 이를 사랑하면 그 사람에게 온 신경을 다 쏟듯이 일 또한 마찬가지다. 일에 애정을 가지고 정열을 다하면 그 일에 흠뻑 빠지게 된다. 다른 것은 눈에 들어오지 않고 오로지 일, 그 대상에만 집중한다. 그리고 어느 순간 일에 비전이 부여되기 시작한다. 열정, 몰입, 비전 이 세 가지가 모두 완벽하게 조화를 이룰 때, 자신도 모르는 에너지와 집념 그리고 끈기가 생긴다.

문재인은 사건을 맡아 변론을 할 때면 열정, 몰입, 비전을 모두 겸비한 모습을 보여 준다. 1994년 경상대학교 교수들이 《한국사회의 이해》 저서를 집필했다는 이유로 국보법 위반으로 기소된 적이 있다. 이 변론을 맡은 문재인은 자그마치 5년이라는 긴 시간 동안 이 사건에 매달렸다. 그는 학문·사상·표현의 자유를 주장했고 결국 항소심에서 승소를 이끌어냈다. 그러나 오랜 기간 최선을 다했던 것에 비해 그의 수임료는 턱없이 적었다. 고작 100~200만 원.

그의 목적은 단순히 수임료에 있지 않았던 것이다. 그는 이 사건에서 승리하여 학문에 자유가 보장되기를 바랐다. 그 비전을 향해 그는 기나긴 시간 동안 사건을 준비했고 집요하게 파고들어 마침내 승소했다.

열정은 목표를 이루는 원동력으로 기적을 가능하게 한다. 현재 맡은 업무가 있는가. 그 일에 애정을 쏟아라. 사랑하면 알게 되고, 알면 보이나니 그때에 보이는 것은 전과 같지 않다고 했다. 관심을 가지고 일을 진행하면 그 업무는 더 이상 지루한 일이 아니라 자신의 혼을 담을 만한 일로 변한다.

끝장을 보는 열정과 근성

조금만 어려워도 쉽게 포기하고, 남의 탓으로 돌리는 동료나 후배들을 많이 보았다. 그들은 끝까지 일을 이끌어가는 의지가 부족했고 '안 된다'라는 부정적인 관점을 가지고 있었다. 또한 자신의 일을 그저 밥벌이로밖에 생각하지 않았고, 돈만 벌 수 있다면 족하다는 생각으로 스스로의 능력을 가두곤 했다. 일을 시작하나 마무리 짓지 못하던 그들은 결국 어느 것 하나 뚜렷한 성과를 내지 못했다. 만약 조금만 더 집요하게 일에 미쳤다면 어려움은 곧 해결되었을 것이다. 어딘가에 반드시 해결책이 있기 마련이기 때문이다. 내가 이 일을 끝내겠다는 신념을 가지고 도전했다면 뛰어넘을 수 없어 보이는 장벽을 무너뜨릴 한 방이 보였을 것이 틀림없다.

문재인은 신사와 같은 겉모습과 달리 근성과 강단이 있다. 노 전 대통령은 그런 문재인을 잡초라고 비유한 적이 있다. 많고 많은 들풀 중에서도 문재인은 패랭이꽃과 같다. 패랭이꽃은 모래밭은 물론 바위틈에서도 자랄 만큼 강하고 질긴 생명력을 지니고 있다. 또한 기온이 섭씨 0도 이하로 내려가도 얼지 않고, 씨는 약한 바람에도 널리 퍼진다.

어디서든 살아남아 꽃을 피워내는 패랭이꽃처럼 문재인은 열악한 상황에서도 포기하지 않는다. 일이 풀리지 않고 뜻대로 되지 않아도 그는 끝장을 본다. 일을 하려고 마음먹은 순간, 걱정하기보다 염려되는 부분을 메우기 위해 노력한다. 그래서 그는 대충대충 끼적대는 법이 없다. 한 번 손에 잡은 일이라면 뚝심을 가지고 마지막까지 신중을 기한다.

또한 다른 변호사들이 맡으려고 하지 않는 사건들도 기꺼이 맡아 고생을 자처했다. 대표적인 사례가 1996년 일어난 '페스카마호 사건'의 변론이다. 1996년 남태평양 참치잡이 조업에 나간 원양어선에서 조선족 선원들이 선상 반란을 일으켜 한국인 선원 일곱 명을 비롯하여 열한 명을 살해한 충격적인 참사다. 그 사건을 맡은 이유를 묻자 그는 순수한 조선족들에게 행해진 부당한 폭력이 그들을 살인자로 몰아갔기 때문이라고 답했다. "당시 피의자인 조선족들은 코리안 드림을 찾아서 한국에 왔으나 상급자들로부터 가혹한 구타와 모욕을 당했고 그것이 폭발했다. 잘 살아보겠다고 온 사람들을 학대해서 엄청난 범죄자들로 만들어 버린 것"이라며 1심에서 변호사 조력도 못 받고 전원 사형 선고를 받은 그들의 항소심을 기꺼이 맡았다. 국민 정서상 잔인한 살인을 저지른 조선족 선원들을 변호한다는 것은 쉬운 일이 아니었다. 그런데 그는 이 사건에 관계된 조선족 여섯 명의 피고인들을 위해 무료 변론을 자청했다. 억울하지만 달리 조력을 받을 곳이 없는 사람들을 그는 안타깝게 생각했다. "일어난 범행 자체는 대단히 잔혹했다. 그러나 그 과정에 눈물겨운 바가 있다. 당연히 유죄고 엄벌도 받아야 하지만, 그 과정을 참작해야 했다"라고 이야기하기도 했다.

사람들이 이미 끝난 일이라고 해도 문재인은 포기하지 않았다. 사건 자료가 가득 담긴 보따리를 집에 가지고 가서 밤늦게까지 기록을 보고 연구했다. 폭행의 울분으로 저지른 사건이기에 그들의 비참한 삶을 생각하며 더욱 치열하게 준비했다. 그에게 변호사라는 직업은 마지막까지 피하지 않는 열정으로 임하는 일이었다. 법정에서 피고인들을 위해 열변을 토했던 변론에서도 그의 마음이 잘 드러난다.

"남쪽에서 좀 더 아량을 가지고 대했다면 남북관계가 훨씬 호전되지 않았을까, 라는 후회를 하곤 합니다"라고 운을 뗀 그는 조선족들과의 관계를 언급했다. 우리가 중국의 조선족들과 한민족 의식을 나누지 못한다면 어떻게 남북통일이 가능할 것인지에 대한 의문을 던졌다. 1991년에 우리나라에 와서 노동 현장을 체험했고 그 체험을 토대로 〈한신하이츠〉와 〈감전동 376번지〉 등의 소설을 발표해 문학상을 수상하기도 했던 길림성의 조선족 소설가 김남현이 조선족들의 정서를 표현하면서 한국에 대하여 '국토가 작아서인지, 오랫동안 대국의 틈에서 신음해서인지 흉금이 너르지 못하다. 너무 협애하다. 중국처럼 1930년대에 그 많은 한국인의 망명과 독립지사들을 품어 주고 또 이주민을 품어 주는 대국의 풍토가 없다. 하물며 동족이고 할아버지의 호적이 그 땅에 있는 후손들마저 포용을 해 주지 못한다'라고 비판한 것을 문재인은 '참으로 경청할 만한 통렬한 비판'이라고 소리 높여 변론했다.

결국 페스카마호 사건의 피의자들은 항소심에서 한 명만 사형선고를 받았고 나머지는 무기수로 감형되었다. 그 사형수 역시 참여정부 때 무기로 형이 감해졌다. 열정을 가지고 마지막까지 완주하는 것. 그것이 바로 자신의 한계치를 최대한 늘리는 방법이다.

문재인은 시작뿐만 아니라 마지막에도 올인했다. 그는 마지막 비서실장으로 있을 때, "흔히 임기 후반부를 하산에 비유하는데, 저는 동의하지 않는다"라고 말했다. 하산은 없다. 끝없이 위를 향해 오르다가 임기 마지막 날 마침내 멈춰 선 정상이 우리가 가야 할 코스라는 것이다. 그는 끝까지 마무리에 최선을 다했다. 시작이 절반이라는 말이 있다. 그 말은 곧 마무리도 절반이라는 이야기다. 예상치 못한 난관에 부딪히더라도 포기하지 말고 더 노력하고 몰입해야 한다.

960차례의 도전 끝에 운전면허증을 따낸 70세의 차사순 할머니의 말은 인생 성공의 단순 명쾌한 진리를 보여 준다. 차 할머니에게 도전의 이유를 묻자 "하다가 포기하면 결국 아무것도 안한 게 되니까. 그래서 그냥 끝까지 다녔다"라고 고백했다. 힘들다고 주저앉지 마라. 거의 다 성공했는데 아깝지 않은가.

7 냉철한 이성으로 문제를 직시하라

꿈은 크게 가지되 현실을 바로 볼 줄 아는 냉철한 머리를 가져라.
_탈레스

문재인은 '변호사 노무현 · 문재인 합동 법률 사무소'에서 변호사로서의 인생을 시작했다. 그는 노 전 대통령과의 첫 만남에서 동질감과 친근감을 느꼈다. 노 전 대통령의 소탈하고 솔직한, 인간미가 그의 마음을 움직였다. 노 전 대통령 역시 여섯 살 차이 나는 이 후배가 마음에 들었다. 특히 문재인이 가지고 있는 신중함과 냉철함은 노 전 대통령에게 꼭 필요한 부분이었다.

노 전 대통령은 긴 시간에 걸쳐 치밀하게 준비하는 업무 스타일을 가졌지만 열정이 지나쳐 다소 돌발적인 행동을 하곤 했었다. 문재인은 노 전 대통령이 즉흥적인 제스처, 감정적인 언어를 사용할 때마다 객관적인 부분을 보완해 주곤 했다. 그와 함께 '부산 미문화원방화사건' 변호에 나선 김광일 변호사는 이런 그를 보고 신중하며 일 처리를 잘하는 사람이라 평했다. 문재인, 그의 냉철한 시선은 법조계에서 유명하다. 그와 10여 년 이상 '법무법인 부산'에서 함께 활동해 온 정재성 변호사는 문재인에 대해 "변론을 맡아도 일방적으로 의뢰인 편을 들지 않았다"라면서 "합리적이고 객관적인 사실에 대해서는 최선을 다해 변론하지만, 지나친 변론은 삼가는 편"이라고 말했다.

법조인들이 입을 모아 말하는 그의 냉철함은 그만의 독특한 변호 원칙에서도 엿보인다. 그는 일반적으로 인권 변호사를 자처하는 인사들이 무료 변론을 자랑으로 내세우는 것과 달리 '부득이한 상황이 아니면 무료 변론은 하지 않는다'라는 원칙을 가지고 있다. 무료로 변론을 하게 되면 자칫 사건 당사자와 가족들이 재판을 경시하는 풍조가 나타날 우려가 있다며 적은 액수라도 꼭 유료 변론을 원칙으로 해 왔다. 그는 소액의 수임료를 받음으로써 사건에 대한 책임감을 더하고 균형 잡힌 시선을 견지할 수 있었던 것이다.

그가 이러한 원칙을 세워둔 것은 인간이 감정적인 존재이기 때문이다. 사람은 자신이 믿고 싶은 것을 믿어 버린다. 그리고 사회적 또는 심리적인 영향을 통해 형성된 자신의 신념을 합리화하는 데 능숙하다. 자기만의 방식으로 일반화해 옳다고 믿는 것이다. 사람들이 얼마나 믿는 대로 보는지 알려 주는 유명한 사건이 있다. 바로 미국의 O. J. 심슨 사건이다. 흑인 미식축구 스타 O. J. 심슨의 아내 니콜 브라운 심슨과 애인 론 골드먼이 한 고급 저택에서 피투성이 시체로 발견되고 살해 용의자로 O. J. 심슨이 지목됐던 사건이다. 미국 전역이 심슨이 범인이다, 아니다를 두고 흑백으로 나뉘어 치열한 공방을 펼쳤다. 결국 수년을 끈 재판 끝에 심슨은 무죄판결을 받았다.

한 연구가가 사람들이 이 사건을 어떻게 바라보고 평가하는지 실험했다. 그는 심슨이 진범일 거라고 여긴 사람들과 그렇지 않을 거라고 생각한 사람들, 이렇게 두 부류로 나누고 그들에게 각 주장의 근거가 되는 자료를 동일하게 주었다. 그리고 이 연구에 동참했던 일반인들의 생각이 어떻게 변하는지 관찰했다.

재미있게도 피실험자 대부분이 자신의 기존 생각을 바꾸지 않았다. 심슨이 진범일 거라고 생각했던 사람은 재판 결과가 나와도 여전히 그를 살인자라고 믿었다. 이와 반대로 심슨이 범인이 아닐 거라고 여긴 사람은 재판 결과가 당연하다고 받아들였다. 왜 그들은 처음의 태도를 그대로 유지했을까. 그 이유는 그들이 자신의 생각에 적합한 정보만을 선택적으로 취합했기 때문이었다. 주어진 증거와 증언, 자료는 똑같았지만 자신이 믿고 있는 태도에 맞는 정보만을 선택한 것이다. 즉, 자신의 믿음과 반대되는 정보는 그들에게 보이지 않았던 것이다.

우리 주변에는 무수히 많은 정보가 존재한다. 그리고 우리의 뇌는 그런 정보를 단순히 수집하는 것이 아니다. 데이터를 취사선택하고 나머지는 제거한다. 받아들이는 정보의 90퍼센트는 날려 버리고 나머지는 임의로 만들어 낸다고 해도 무방하다. 무엇을 취하고 무엇을 받아들일지에 따라 사물을 바라보는 시각, 상황을 인식하는 법이 달라지는 것이다.

그렇기에 의식적이더라도 정황을 판단할 때, 균형 감각을 가지고 냉정하게 보는 것이 중요하다.

특히 리더의 자리에 있을수록 차가운 이성을 가져야 한다. 다른 이들보다 더 많은 의사 결정을 해야 하는 리더에게 주관적인 감정과 섣부른 결단은 치명적이다. 게다가 리더의 자리에는 고급 정보만큼이나 쭉정이와 같은 정보도 많이 들어온다.

예로 예스맨과 간신들의 의견들이 있다. 예스맨은 리더를 즐겁게 해 주기 위해 무조건적으로 좋다고만 말하고 간신은 영리하게 리더의 말에 맞춰 주며 자신의 이익을 챙긴다. 거짓 정보 사이에서 옳은 결정을 내리는 것이 바로 리더가 해야 할 일이다.

비서실장을 지낸 문재인은 이러한 점을 잘 알고 있었다. 비서실장으로 가장 중요한 것이 무엇이냐는 질문에 그는 '대통령 보좌'라고 말했다. 대통령이 모든 국정 현안에 대해서 일일이 나설 수는 없는 일이다. 따라서 비서실장은 대통령보다 훨씬 많은 일을 접해야 한다. 대통령이 직접 나설 필요가 없는 일에 대해 대통령을 대신해 보고받고, 논의하고, 지시하고, 판단하고, 결정해야 하는 것이다. 그 역할이 지닌 책임의 무게를 잘 알고 있었던 그는 늘 의사 결정의 중요성을 강조했다.

감정을 배제하고 문제의 핵심에 다가서는 법

비서실장으로 많은 사안을 접했을 그는 어떻게 객관성을 유지했을까. 언론을 통해 보이는 그는 쉽게 언성을 높이지 않는다. 기자들이 따라다니며 물을 때에도 질문 하나하나에 답하고 시종일관 모노톤의 목소리를 유지한다. 조금은 느리게, 그러나 자신의 할 말은 다하고야 마는 그의 스피치 스타일은 그가 어떻게 문제에 대응하는지 보여 준다.

첫째로 그는 문제가 무엇인지 정확히 파악하고 잘못된 점을 짚어 상대방에게 알려 준다. 《동아일보》와의 인터뷰에서 기자가 대권 출마 가능성에 대해 여러 방법으로 집요하게 질문을 던지자 그는 특유의 군더더기 없는 직언으로 일관했다. 특히 인터뷰 중 기자가 '권력 의식'과 '소명 의식'에 대한 용어를 잘못 정의하자, 정정하며 바로잡기도 했다.

기자가 그에게 권력 의지가 부족한 것 같다고 말하자 그는 '권력 의지'라는 말의 뜻을 잘 모르겠다며 반론을 제기하며 "권력욕? 권력에 대한 욕심? 욕심의 관철을 위해서 올인하는? 그런 것을 말한다면 없는 게 확실하다"라고 답했다. 권력 의지가 좋고 나쁨을 떠나서, 현실 정치의 어려움을 생각하면 의지가 중요할 것 같다고 말하며 "어쨌든 그런 면과 나는 거리가 있다"라고 못 박았다.

이에 다시 기자가 "누구를 위한 권력 의지인지가 중요하지 않을까. 나를 위한 것인지, 나라를 위한 것인지"라고 거듭 권력 의지에 대해 묻자 문 이사장은 "역사 발전을 위해 일한다고 하면 (권력 의지보다는) 소명 의식이란 말이 적당할 듯하다"라고 용어 사용을 정확하게 되짚어 주었다.

 그는 질문이 잘못된 방향으로 흐르면 정확하게 핵심을 짚어 내곤 했다. 그리고 질문의 의도를 바로잡아 주었다. 갈등은 서로 엇갈린 관점으로 이야기할 때 일어나고 이 차이를 좁히지 못하면 계속 서로의 골은 깊어진다. 그렇기에 최대한 빠르게 갈등의 원인을 알아내고 조율해야 하는 것이다. 하나의 사물을 바라볼 때도 한 사람은 오른쪽을 보고 이야기하고, 다른 사람은 왼쪽을 보고 말하면 의견 차이는 수렴되지 않는다. 문재인은 갈등이 어디에서 일어났는가를 정확히 파악하고 이를 합리적인 방법으로 풀어내는 탁월한 능력을 지녔다.

 둘째로 그는 감정과 문제를 분리시켜 냉철함을 지킨다. 그가 청와대 비서실장으로 있을 때, 국회운영위원회 국정감사에 출석한 적이 있다. 그는 "정동영 후보가 당선되기를 바라느냐"라는 심재철 국회의원의 질문을 받았고 이에 "솔직히 답변해도 된다면 그렇다"라고 대답했다. 이에 일부 한나라당 의원들은 그의 답변이 선거 중립에 위배된다고 반발했다. 문재인은 그들의 거센 성토에 속마음을 물어서 답한 것일 뿐 참여정부의 공정하고 중립적인 대선 관리와는 별개라고 답했다. 그리고 단 한 번도 관권 선거를 하거나 공정하지 않은 선거 관리를 한 적이 없다고 주장했다.

격렬한 공방이 펼쳐지는 가운데 그는 내내 침착하게 대처했다. 공격적인 말투와 시비를 가리는 거센 질문을 받으면서 다소 목소리 톤이 단호해지긴 했어도 격정적으로 반응하지 않았다. 그리고 자신의 잘못에 대해서는 억지 논리를 펴지 않고 시인했다. 변양균, 신정아 사건을 권력형 비리로 보느냐는 질문에 "사실이라면 그렇게 볼 수 있다. 정말 송구스럽게 생각한다"라고 답했다. 또한 청와대 비서실에 부족한 부분이 많았다고 통감한다며 자세를 낮췄다. 의견이 충돌하는 가운데 그와 같이 잘못을 인정하는 것은 쉽지 않은 처사다. 감정적인 요소가 실책을 바라보는 시각을 주관적으로 바뀌게 하기 때문이다. 그러나 그는 감정을 앞세우지 않고 이를 객관적으로 바라보고 고개를 숙였다.

협상 전문가인 피셔는 "복잡한 문제를 효과적으로 풀려면 감정과 문제를 분리해서 다룰 줄 알아야 한다"라고 충고한다. 예컨대 중대한 문제를 신속하게 결말지어야 한다면 일에 집중하고 감정적인 문제는 뒤로 미뤄야 한다는 것이다. 과오를 따지는 문제에서도 그것이 설령 자신에게 실이 될지라도 조직 내의 갈등을 풀 수 있다면 인정하는 것이 효율적이다.

문제를 풀 때에 기분과 감정은 통제하기 어려운 요소다. 때로는 낙담으로 인해 공격적이 되기도 하고 동요를 느끼면 도망을 가기도 한다. 이처럼 감정에 휘둘리면 문제는 더 복잡하게 꼬인다. 어느 것이 옳은 방향인지, 최선인지 갈피를 잡지 못하게 된다. 이를 잘 나타내는 예화가 하나 있다.

낙타에 물건을 실어 나르는 사람이 낙타에게 물었다.

"오르막길과 내리막길 중에서 어느 길이 더 좋은가?"

짐꾼은 내리막길일 거라고 예측했지만 낙타의 대답은 의외였다.

"오르막길인가 내리막길인가가 문제가 아닙니다. 중요한 것은 짐을 얼마나 실었는가입니다."

낙타의 말이야말로 가장 적절한 답이 아닐 수 없다. 우리는 감정의 오르막과 내리막을 겪으면서 수많은 문제를 놓친다. 스스로의 기분 때문에 문제를 해결하지 못하고 관계만 나빠진 적이 얼마나 많던가. 다른 어떤 것보다도 얽히고설킨 상황을 마무리 짓고 싶다면 지금 앞에 있는 문제에 집중해야 한다. 객관적으로 냉철하게 최선의 선택을 하는 것이야말로 우리가 잊어서는 안 될 문제 해결의 자세다.

8 최적을 향해 준비하고 계획하라

만일 내게 나무를 베기 위해 한 시간만 주어진다면,
우선 나는 도끼를 가는데 45분을 쓸 것이다.
_에이브러햄 링컨

문재인은 청와대에 들어온 지 1년이 되어 사임 의사를 밝혔다. 무거운 직책을 내려놓고 그는 곧바로 강원도 고성으로 여행을 떠났다. 오랜만의 자유를 만끽하며 영월, 정선, 인제 등 곳곳을 돌아다녔다. 그는 본디 자유인 기질이 다분했다. 변호사 시절, 부산에서 '별봐라 산악회'를 조직해 금정산 야간 산행을 즐길 정도였다. 강원도 여행으로는 성에 차지 않았는지 그는 네팔 히말라야로 향했다. 히말라야 경관을 바라보며 그동안의 정무 업무로 지친 심신을 회복했다.

그가 청와대를 벗어나 네팔 트레킹을 하며 쉬고 있을 무렵, 청와대는 그의 공백을 메우기에 급급했다. 문재인이 민정수석 사임 의사를 밝혔을 때, 한 비서관은 "청와대는 누가 지키지. 문재인 수석도 (노무현) 대통령을 떠나고"라며 혼잣말을 했다. 그의 말에는 문재 인의 퇴진에 대한 허탈함이 가득했다. 그리고 그의 빈자리를 어떻게 채워야 할지에 대한 염려가 묻어 있었다. 청와대 내부의 이런 반응 은 문재인의 업무 영역을 생각하면 이상한 것이 아니었다.

문재인은 노 전 대통령 집권 1년 동안 가장 활발하게 전방위 해결 사로 활동했다. 각종 인사 문제와 노건평 씨 의혹 같은 친인척 문제 에 관여하는 것은 물론이고, 고속철도 노선 문제, 보길도 댐 건설 문 제, 화물연대 파업과 교육행정정보시스템 문제 그리고 조흥은행 매 각 문제에 이르기까지 각종 사회적 갈등 현장을 총괄했다. 중요 국 정 현안이 모두 그의 손을 거친 것이다.

그가 이렇게 많은 정책 사안을 조정하게 된 데에는 그의 완벽주 의가 한몫을 했다. 운송료 인하 중단을 요구하며 화물연대가 파업을 했을 때의 일이다. 청와대 회의에서 노 전 대통령이 화물연대 파업 에 대한 질문을 던졌는데, 정확하게 대답하는 이가 아무도 없었다. 이에 노동쟁의나 노사분규에 대한 대응 업무를 담당했던 문재인이 대답을 했다. 화물연대 파업에 대한 내용을 누구보다 가장 잘 알고 있음을 높이 사 노 전 대통령은 다른 갈등 사안에도 전면적으로 나서도록 지시했다.

문재인은 일을 철저하고 신중하게 처리하는 스타일이다. 그는 "우리의 소관이 아니더라도 정확하게 알고는 있어야 한다"라며 "그래야 크로스 체크라도 되는 것"이라고 말한다. 그래서 모든 부분을 꼼꼼하게 준비하고 나서야 퇴근을 했다. 그의 퇴근 시간은 청와대 수석 가운데 가장 늦은, 밤 11시였다. 그와 함께 일하는 민정수석실 직원은 때로는 그의 완벽주의가 부담스러울 때도 있지만 업무를 추진하고 사회 갈등을 조정하는 데 있어서 그러한 면이 도움이 된다고 밝혔다.

주도면밀한 준비

완벽을 기하다 보면 주위에서 '그렇게까지 할 필요가 있나' 하는 반응을 보일 때가 있다. 사소한 것에 힘을 쓰지 말고 큰 것에 더욱 신경을 쓰자고 말한다. 하지만 이 작은 부분이 승패의 분수령이 된다. 대충대충 넘어간 것이 결국 흠이 되고 나중에는 일 전체를 무너뜨린다.

프로야구팀 SK를 4년 연속 한국 시리즈에 진출케 하고 3번 우승과 1번 준우승이라는 놀라운 쾌거를 이뤄내 '야구의 신'이라 불리는 김성근 감독은 철저한 준비로 성공한 인물이다. 그는 시즌 내내 상대 선수들의 패턴과 습관 등을 꼼꼼히 적어 '필승 자료'를 만들었다. 이런 데이터를 바탕으로 그는 팀을 승리로 이끌었다. 김성근 감독은 자신의 리더십을 말하며 "리더라면 위기가 오기 전에 모든 준비를 해야 되겠고, 거기에 대한 철저한 분석도 해 놓아야 되겠고. 그런 과정이 제일 중요하지 않나 싶다"라고 이야기했다.

그의 말처럼 리더는 위기를 관리하는 자다. 위기는 언제나 일어날 가능성이 있다. 그리고 위기의 발발은 우리가 포착하기 어려운 사소한 것에서부터 시작한다. 그렇기에 위기가 닥치지 않을 거라고 낙관적으로 생각하기보다는 위기를 염두에 두며 최악의 사태에 대비하는 사고방식이 필요하다. 위기가 일어날지, 아닐지 신경 쓰는 것을 넘어 위기가 일어난다면 어떻게 대응할 것인가, 그에 대해 고민해야 한다.

문재인은 늘 위기에 대해 고심했고 이를 대비했다. 한 기자가 문재인의 자서전을 보고 걱정이 참 많은 사람이라고 느꼈다며 문재인 자신이 생각하는 문재인은 어떠하냐고 물었다. 그는 "걱정이 많다는 것은 맞다. 노심초사하는 유형일 수도 있고, 완벽주의적인 게 있어서 저 자신을 많이 혹사시키는 편이다. 대충대충 그렇게 못하고, 뭐 하나 하는 게 힘이 많이 드는 성격이다"라고 대답했다. 그는 업무를 '대충', '적당히' 넘기지 않는다. 작은 것 하나하나까지 꼼꼼히 챙긴다. 특히 사회, 경제, 문화 등 다방면에 걸쳐 전문가 수준의 지식이 될 때까지 공부하여 비서실 내에 긴장감을 주곤 했다. 한 비서관은 "아주 사소한 문제도 대충 넘어가는 법이 없어 보고서 올리는 사람들 입장에서는 긴장될 수밖에 없다"라고 그의 완벽주의 성향을 말했다.

이런 그의 기질 때문에 청와대 재직 때 그가 다룬 업무량은 타의 추종을 불허한다. 그 과정에서 그는 안질환에다 잇몸병이 생겨 인공치아를 10여 개나 심었다.

그는 왜 자신의 몸을 고되게 하면서까지 완벽을 기할까. 그 이유를 그가 맡았던 변론 사건을 보면 알 수 있다. 그는 부림 사건, 동의대 사건, 부산미문화원 방화 사건 등 굵직굵직한 사건을 맡으며 권위주의 시대의 희생자들을 위해 법정에 섰다. 어떻게 변론하느냐에 따라 사형인지, 무기징역인지 나누어졌고 문재인이 느끼는 책임감은 어마어마했다.

그래서 그는 초기 대응에서부터 종결에 이르기까지 철저한 법률적 검토와 증거 준비를 하며 성실하게 임했다. 그는 증거 하나가 한 사람의 인생을 좌지우지한다는 것을 잘 알고 있었다. 수십 년을 변호사로 살아온 그에게 어쩌면 디테일하게 계획하고 준비하는 것은 당연한 일이었다.

존 맥스웰의 저서 《리더십 21가지 법칙》을 보면 계획과 무계획이 각각 어떤 결과를 낳는지 보여 준다. 1911년 역사상 최초로 남극에 도착하는 것을 목표로 삼은 두 팀이 있었다. 노르웨이의 탐험가인 로알 아문센의 팀과 영국 해군 장교인 로버트 팰컨 스콧의 팀은 동시에 남극으로 출발했다. 아문센은 탐험에 나서기 전 주도면밀하게 조사하고 계획을 세웠다. 극지의 기후 조건을 연구한 결과, 그는 개썰매와 스키를 이용해 이동하기로 했다. 이에 반해 스콧이 선택한 운송 수단은 말과 설상차였다. 개썰매와 스키, 말과 설상차 이 두 수단은 그들의 여행길을 판이하게 다르게 만들었다.

스콧은 추위에 강한 품종으로 말을 골랐지만 개에 비해서 말은 추위에 약했다. 그리고 크기가 크기 때문에 눈에 자주 빠졌고 무엇보다도 초식 동물인 말의 먹이를 구하기 어려웠다. 설상차 또한 극심한 추위에 모터가 작동하지 않아 쓸모없게 되었다. 이와 달리 아문센 일행은 개썰매를 이용해 비교적 수월하게 이동했다. 스콧 일행은 결국에는 말과 설상차를 포기하고 직접 100킬로그램에 달하는 보급품을 직접 끌 수밖에 없었다. 남극의 혹독한 환경을 생각할 때 이는 무리한 일이었다.

아문센은 보급품을 조달하는 것에 있어서도 세밀하게 준비했다. 그는 탐험 경로를 따라 보급품 저장소를 만들고 필요한 물품을 미리 채워 놓았다. 대원들이 무거운 보급품을 가지고 가느라 지치지 않도록 계획한 것이다. 또한 그는 최고의 장비를 대원들에게 제공했다. 그는 혹시 모를 최악의 위기를 생각하며 거기에 철저하게 대비했다.

반면 스콧은 준비하는 과정을 중히 여기지 않았다. 탐험 장비에도 충분한 주의를 기울이지 못해 탐험 대원 전체가 동상에 걸렸다. 그들이 사용한 보호 안경은 제품이 좋지 않아 대원 모두 설맹(雪盲)이 되었다. 또 음식과 물이 부족해 대원들은 탈수 증상을 겪어야 했다. 상황을 더욱 악화시킨 것은 이런 위기를 인식하지 못한 그의 결정이었다. 당시 보급품은 네 명분이었는데 그는 한 사람을 더 참여시켜 다섯 명으로 인원을 늘렸다.

발은 썩어가고 눈은 보이지 않고 보급품이 턱없이 부족한 여정에 모두들 녹초가 됐다. 10주에 걸친 1,300킬로미터가 넘는 혹독한 탐험 끝에 1912년 1월 17일 그들은 남극에 도착했다. 그러나 그들은 아문센 탐험대에 비해 한 달이나 늦었다.

준비했던 아문센 탐험대와 준비하지 못했던 스콧 탐험대의 결과는 극과 극이었다. 아문센 탐험대는 대원 모두 남극을 정복하고 귀환했으나 스콧 탐험대는 보급품 부족과 기력 쇠진 탓에 모두 귀환 길에서 죽음을 맞이했다.

위기는 때를 정해 두고 오지 않는다. 불시에 찾아오는 위기를 유비무환의 자세로 준비해야 한다. 준비된 자만이 위기를 지혜롭게 극복하며 승리할 수 있다.

어떤 이들은 준비하다가 남들에게 뒤처지면 어떻게 하냐고 걱정을 한다. 그러나 타인보다 앞서나가고 싶어 무작정 준비 없이 일에 뛰어드는 것은 어리석다. 무딘 칼로는 요리를 할 수 없다. 무뎌진 칼날로는 아무리 힘을 주어 칼질을 해도 힘만 들뿐 식재료를 정확하게 손질할 수 없다. 그 시간에 칼을 잘 갈아 두는 것이 낫다. 잘 벼린 칼로 손쉽게, 모양새 있게 요리를 하는 것이 이득이다.

준비하는 데 드는 시간은 손해가 아니다. 오히려 위기를 기회로 만드는 성공의 발판이다.

잘되는 사람의 디테일

리더는 큰 그림을 보는 이라고 흔히들 말하지만 정확히 말하자면 리더는 스케일이 큰 동시에 디테일에 세심한 사람이다. 그들은 맥을 짚는 통찰력과 함께 세심하게 보는 관찰력을 갖추고 본질을 꿰뚫고 상황을 파악한다. 웬만한 사람들이 지나치는 것에서도 문제나 기회의 여지를 찾아낸다. 심지어 일상생활 속에 접하는 습관적인 행동에서도 그들은 뭔가를 발견하고 실마리를 찾아낸다.

문재인 역시 이런 주의 깊은 관찰력을 지니고 있다. '2010 봉하마을 가을걷이 한마당' 행사 때, 그는 노무현재단 이사장으로 이 행사에 참여했다. 행사장에서는 '봉하마을 막걸리'가 새로이 선을 보였고 많은 이들이 시음을 하고 있었다. 사람들은 별말 없이 막걸리를 마시며 즐겼다. 그러던 중 문재인이 막걸리에서 한 가지 문제점을 발견했다. 막걸리 입구에 허점이 있다는 것이었다. 막걸리 병뚜껑을 덮는 부분에 오목하게 홈이 몇 군데 파여 있는데 이는 막걸리를 흔들었을 때 발생하는 가스가 빠지도록 고안해 놓은 것이었다. 그런데 문제는 막걸리를 세워 두지 아니하고 눕혀 두면 이 틈을 타고 막걸리가 샌다는 것이었다. 문재인은 "세워 두면 괜찮지만 냉장고에 눕혀 보관할 일도 많을 텐데, 이것은 좀 그렇다"라고 지적했다.

사람들이 그냥 지나치는 부분을 그는 놓치지 않았다. 작은 것, 눈에 띄지 않는 부분, 하찮다고 여겨지는 부분을 점검하는 습관은 잘되는 사람들의 공통된 특징이다. 20세기 최고의 건축가 4인 가운데 한 사람인 루트비히 미스 반데어로에는 성공 비결에 대해 "신은 디테일 속에 있다"라고 답했다. 모든 위대한 성공 뒤에는 사소한 일에도 주의를 기울이는 노력이 있고, 모든 실패 뒤에는 디테일을 중하게 여기지 않는 부주의함이 있다.

미국의 기상학자 에드워드 로렌츠는 '나비 효과' 이론으로 디테일의 힘을 증명했다. 나비 효과란 브라질 나비의 파닥거림이 대기 흐름을 바꿔 미국 텍사스 주 토네이도로 이어질 수 있듯, 멀리 떨어진 곳의 극히 작은 움직임이 세계 곳곳에서 전혀 예기치 못한 사태를 만들어 낼지 모른다는 것이다. 특히 그는 엘니뇨로 지구촌 전역이 알 수 없는 혹한과 가뭄에 시달리고 역사도 바뀐다고 말했다. 초기 조건의 사소한 변화가 전체에 막대한 영향을 미치는 것이다.

이런 디테일에서 발생하는 엄청난 힘은 경영자들에게 더욱 중시되고 있다. 업체 간의 경쟁력 차이가 비등해진 상태에서 승패가 갈리는 것은 아주 사소한 것이기 때문이다. 그렇기에 기업마다 고객에게 작은 감동과 세심한 배려를 전하기 위해 경쟁한다. 특히 서비스 업체일 경우, 고객 감동이 곧 기업의 이득에 직결된다. 한 예로 고객과 늘 부딪히는 애프터서비스 부분을 들 수 있다. 고장이 생기면 성실하게 대처해 주는 곳이 있는가 하면, 고객이 부탁을 하고 종용을 해야 하는 곳이 있다. 사람들은 디테일한 요구에 반응하는 곳을 더욱 찾으며 좋은 기억을 가지고 다음 구매를 결정한다.

이와 반대로 사소한 실수와 무심함은 반대의 결과를 초래한다. 작은 일은 큰일을 이루게 하고 디테일은 완벽을 가능케 한다는 말이 있다. 한 치의 오차도 허용되지 않는 사회에서 '역전'을 위한 성공 요인. 바로 디테일에 있다.

9 성공의 DNA, 역경 극복의 힘을 키워라

꽃을 피우기 위해서는 고난을 견뎌야 한다.
_마쓰시타 고노스케

사람의 능력 또는 성공 가능성은 시대에 따라 상당한 차이를 보인다. 심리학자들은 시대의 변화에 따라 여러 가지 지수를 만들어 냈다. 배우는 게 곧 힘이 된다고 믿었던 1990년대 초반에는 IQ(지능 지수)가, 미디어 매체의 힘이 강해진 1990년대 후반에는 EQ(감성 지수)가 사람들의 평가 기준이 되었다.

아이러니하게도 IQ와 EQ가 높은데도 실패를 거듭하는 사람들이 늘어났다. 지능은 좋은데 사회에 적응하지 못하는 사람들, 감성은 뛰어났지만, 감정의 기복이 심해 좌절하는 사람들이 생겨났다. 점차 사람들은 이 두 가지 기준에 회의를 품었다. 그렇다면 우리의 인생을 성공으로 이끄는 요인은 무엇일까.

최근 리더십 연구자들은 성공 요소로 AQ(Adversity Quotient), '역경 지수'를 들고 있다. 즉, 우리 인생에서 다가오는 역경을 극복하는 능력이 얼마나 되느냐는 것이다. 위기, 불안, 염려를 이겨내는 능력이 성공의 잣대로 떠오르고 있는데, 그 이유는 우리의 삶에 역경이 늘 도사리고 있기 때문이다. 인생길은 항상 평탄 대로일 수 없다. 어쩔 수 없이 마주해야 하는 고난과 시련이 있기 마련이다. 게다가 세상은 점점 빠르게 변화하며 복잡해지고 있다. 그 변화의 물결은 우리를 더 많이 시험하고 좌절에 빠뜨린다. 사회는 역경을 극복하는 힘을 가진 자를 찾고 있다.

그런 면에서 문재인은 이 사회가 요구하는 사람이다. 그의 인생은 순탄치 않았다. 그는 가난한 유년 시절을 보냈고, 청년 시절에는 입시 실패, 판사 임용 실패, 강제 징집 등 시련의 연속이었다. 그러나 그는 그 과정 속에서 절대 절망하지 않았다. 오뚝이처럼 일어났고 고난 속에서 더 많은 것을 배웠다. 1997년 미국의 커뮤니케이션 이론가 폴 스토츠는 역경에 대처하는 자세를 세 가지로 분류했는데, 문재인은 세 번째 유형인 클라이머에 속한다.

첫 번째 유형은 쿼터(Quitter)다. 힘든 문제에 부딪히면 금방 포기하고 도망가는 사람이다. 두 번째 유형은 캠프에 안주하는 사람을 뜻하는 캠퍼(Camper)로 기업 조직 내 약 80퍼센트의 직원들이 이에 해당한다. 몸과 마음이 현 상황에 익숙해져 더 이상의 발전을 도모하지 않는 이들이다. 마지막 세 번째 유형은 클라이머(Climber)로 산을 정복하는 사람이라는 의미다. 진정한 삶은 변화가 일어나는 곳에 있다는 것을 인식하고 기꺼이 역경을 극복하는 사람들이다. 등산하는 이처럼 몸을 낮추고 열심히 배우는 자세로 즐겁게 고난을 넘어간다.

역경 지수가 성공을 좌우한다

문재인은 가난한 어린 시절을 보냈다. 그의 부모는 함경남도 흥남의 문씨 집성촌인 '솔안마을' 출신이다. 그의 부친은 당시 명문이던 함흥농고 출신으로, 북한 치하에서 흥남시청 농업계장을 지냈다. 그러던 중 1950년 12월 국군과 미군이 두만강까지 올라갔다가 예상치 못한 중공군 개입으로 후퇴한 상황에서 흥남 마을 사람들을 미군 선박에 태워 거제도로 피난시킨 '흥남 철수' 때 고향을 떠났다. 길어야 2~3주만 피해 있으면 된다는 예상과 달리 문재인의 부모는 가진 것 하나 없이 거제도에서 터전을 다시 일궈야 했다.

문재인은 가난으로 주눅 들곤 했지만 이를 짐으로 생각하지 않았다. 오히려 가난으로 자립심과 독립심이라는 선물을 받았다고 여겼다. 초등학교 시절, 그는 돈이 없어 놀이도구와 준비물을 스스로 만들어야 했다. 아버지의 도움 없이 팽이치기, 자치기, 연날리기 같은 것을 집에서 만들어 썼고, 어쩌다 다쳐서 상처가 나도 그저 연고 하나만 바르고 버텼다. 가능하면 혼자서 해결하고 힘들어도 먼저 해보려고 하는 자세가 그때 이미 몸에 밴 것이다.

그뿐만 아니라 그는 가난을 통하여 물질에 연연하지 않는 가치관을 가지게 되었다. 돈이 없어 자존심이 상할 때마다 그는 '돈은 별로 중요한 게 아니다'라고 되뇌었다. 돈 씀씀이가 큰 또래들을 볼 때마다 돈이 최고의 가치가 아니라고 여기며 부정적인 생각을 떨쳐 냈다. 이러한 가치관은 그의 삶 전체에 영향을 끼쳤다. 인권 변호사로서 시국 사건을 맡을 때, 그는 돈을 중요하게 여기지 않았다. 수임료가 적더라도 한 사람의 인권을 보호할 수 있다면 그는 기꺼이 그 사건을 맡았다. 변호사라는 직업이 좋은 이유는 돈을 많이 벌어서가 아니라 남을 도울 수 있기 때문이라고 그는 말하곤 했다. 그는 늘 무언가를 할 때, 돈에 초점을 두지 않았다. 언제나 사회적 약자를 돕는다는 것에 의의를 두고 일했다.

그는 역경에 굴복하지 않고 역경을 이용했다. 역경을 통해 마음을 단단하게 훈련시켰고 삶의 지혜를 배웠다. 또한 그는 가난이라는 시련을 부정적으로 바라보지도 않았다. '가난 때문에'가 아니라 '가난 덕분에'라는 관점을 가지고 상황을 이겨냈다. 남 탓, 환경 탓하며 자신을 정당화하기보다 가난을 감사하게 여겼다. 이처럼 역경을 극복한 리더는 문제를 탓하지 않는다. 진취적이고 긍정적인 사고를 가지며 좌절하지 않는 굳은 신념으로 위기를 극복한다.

역경을 딛고 일어선 유명 인물을 뽑자면 세계적인 대기업 마쓰시타 전기의 창업자인 마쓰시타 고노스케를 들 수 있다. 그는 어린 시절 아버지의 파산으로 초등학교를 중퇴하고 자전거 점포의 점원으로 일을 시작했다. 그랬던 그가 85년이 지난 후 일본 굴지의 총수가 되었을 때, 한 직원이 물었다. "회장님은 어떻게 이렇게 큰 성공을 하셨습니까?" 마쓰시타 회장은 자신은 하늘이 주신 세 가지 큰 은혜를 입고 태어났다고 대답했다. 가난한 것, 허약한 것, 못 배운 것. 이 세 가지 덕분에 그는 성장할 수 있었다고 말했다. 그러자 직원은 다시 물었다. "이 세상의 불행은 모두 갖고 태어나셨는데, 오히려 하늘의 은혜라고 하시니 이해할 수 없습니다." 그러자 그는 이렇게 대답했다. "가난은 부지런함을 낳았고, 허약함은 건강의 중요성을 깨닫게 해 주었으며, 못 배웠다는 사실 때문에 누구한테라도 배우려고 했습니다."

문재인과 마쓰시타 회장에게는 역경에 지지 않는 헝그리 정신이 있었다. 그리고 그들은 진정한 깨달음은 역경 속에 있다는 진리를 알았다. 고난이야말로 성공을 위해 주어진 최고의 선물이라고 여기며 받아들이고 도전했다. 결국 그들은 고난조차 행복이라 말하며 승자의 자리에 올랐다. '왜 나만 이런 시련을 겪어야 하는가'라고 묻기 전에 '이 시련을 통해서 나는 무엇을 얻을 것인가'라는 질문을 먼저 하자. 평온한 바다는 유능한 뱃사람을 만들 수 없다는 것을 깨닫게 될 것이다.

인생과 세상을 공부하는 최고의 방법, 역경

문재인의 역경은 가난으로 끝나지 않았다. 대학 시절, 그는 유신 반대 운동(1972년 박정희 전 대통령에 의해 제4공화국인 유신 체제가 수립되어 자유민주주의의 기본 원칙이 부정되고 정치가 파행의 길로 접어들자, 1973년 유신 헌법 개정 100만인 서명운동, 1975년 민주회복국민회의 결성, 1976년 민주구국선언, 1979년 부마사태 등 유신 독재 체제에 항거하는 민주 세력의 투쟁. 1979년 박정희 전 대통령이 시해되면서 유신 체제는 막을 내림)을 주도해 구치소에서 수감생활을 했다. 그는 일반 사범이 있는 혼거(混居)방에서 생활했는데 한 방에 여덟 명 정도가 같이 살았다. 방의 크기는 2~3평쯤으로 무척이나 비좁았고 누울 공간도 별로 없었다. 모두가 한쪽 어깨만 방바닥에 붙인 채 모로 누워 칼잠을 자곤 했다. 이런 불편한 환경이었음에도 그는 당시 생활이 견딜 만했으며 잘 지냈다고 회고했다. 오히려 세상 공부, 인생 공부가 됐다고 말했다.

그 당시 긴급조치 9호가 발동되면서 관련 위반 사범이 구치소로 쏟아져 들어왔다. 한승헌 변호사, 박형규 목사, 김관석 목사, 김지하 시인 등 쟁쟁한 재야인사들이 많았다. 그는 그들과 만나 소식을 나누고 이야기하는 것을 즐거움으로 살았다. 인권을 위해 애쓰는 사람들과 함께하며 그는 조금 더 생각의 지평을 넓혀 갔다. 그리고 소년수들의 곤고함, 가난함을 보며 '나'만의 관점에서 벗어나 주변을 돌아보는 계기로 삼았다.

감옥에 있을 때, 그는 여유가 있는 사람들과 함께 사식(私食)을 먹고 구치소에서 주는 관식(官食)은 남기곤 했다. 그는 그 남긴 밥을 비둘기에게 주었다. 소년수들은 늘 그 광경을 구경하곤 했다. 문재인은 아이들이 비둘기를 신기하게 여겨 그러는 줄로만 알았다. 나중에 그 밥이 아까워서, 먹고 싶어서 쳐다보는 것임을 깨닫고는 무척 부끄러워했다.

그는 이 일을 지금까지도 잊지 않고 기억한다. 자신의 부족함을 깨달은 이후, 그는 소년수들에게 밥 한두 덩이를 보내 주었다. 그리고 이제 그의 밥 한두 덩이는 아프고 힘든 이를 위한 변론으로 변했다. 그는 수감 생활을 통해 세상에 억울한 삶이 많다는 것을 늘 상기하고 그들의 편이 되어 주겠다는 결심을 다졌다. 이런 다짐은 그를 부산, 경남 지역의 대표 인권 변호사가 되도록 만들었다.

지금의 그를 만든 것은 사법 연수원을 차석으로 졸업하게 한 뛰어난 재능이 아니었다. 그를 어떤 상황 속에서도 흔들리지 않는 이로 만든 것은 역경이었다. 그렇기에 그는 청년들에게 역경을 무서워하지 말라고 조언한다. 그는 "저는 실패의 경험들, 혹독한 가난, 대학 입시 실패, 서울대 같은 명문대 입학 실패, 판사 임용 실패, 이런 것들이 정신세계를 풍부하게 하고 지혜를 깨닫게 하는 데 굉장히 도움이 됐습니다. 한순간 실패나 좌절로 보이는 것들이 나중엔 약이 됩니다"라며 실패의 진정한 의미를 이야기하곤 한다.

역경은 쓸모없이 버려지는 것이 아니다. 역경을 단순한 실패로 보지 않고 그 과정에서 더 나은 방법을 연구해야 한다.

에디슨은 200번의 계속된 실패 속에서 오감을 총동원해 성공의 실마리를 찾았다. 그리고 마침내 그는 세상에서 가장 많은 발명을 남긴 위대한 인물이 되었다.

오늘, 내일 실패해도 어딘가에는 성공의 단초가 있다. 역경은 피할 수 없는 삶의 일부분이다. 도망칠 수 없다면 즐기며 절망을 넘어 정상의 자리에 우뚝 서는 오뚝이가 되는 것이 최고의 방법이다.

10 실패를 복기하라

실패를 즐기는 사람이 세상을 지배한다.
_리처드 파슨

TV에서 방송하는 바둑 프로그램을 보면 막상 바둑이 끝났는데 프로들이 자리를 일어서지 않는 광경을 볼 수 있다. '복기'하기 위해서다. 복기란 바둑 한 판을 두고 나서 처음부터 다시 그대로 돌을 놓아 보는 과정이다. 이미 승패가 갈라졌는데도 프로들은 이 순간 무척이나 진중한 자세로 임한다. 다음번에 같은 실수를 되풀이하지 않기 위해 자신의 행로를 돌이켜 보는 기회이기 때문이다. 또한 난국의 한판을 어떻게 풀어갈 수 있을지 생각하며 다음 승부의 해결책을 마련하는 자리이므로 프로들은 복기를 무척 중요하게 여긴다.

복기는 바둑에서만 하는 것이 아니다. 우리 삶에도 복기의 과정은 꼭 필요하다. 어떠한 일이든 반드시 결과를 발생시킨 원인이 있기 때문이다. 하지만 우리는 결과에 치중한 나머지 그 원인을 분석하지 않은 채 살아간다. 성공했다면 그 기쁨에 도취해 패했다면 다시는 생각하고 싶지 않은 마음에 지나간 일을 돌아보지 않는다. 중요한 것은 그저 현재와 미래뿐이라고 생각한다.

복기 없는 성공은 있을 수 없다. 실패는 다양한 모습으로 나타나지만, 개인적인 요인을 살펴보면 일정한 부분에서 나타나는 실수 패턴이 있기 때문이다. 이런 묘수와 패착을 헤아리지 못한다면 또다시 실패할 수밖에 없다. 어떠한 점에서 승부의 분수령이 갈라졌는지 알고 이를 반성과 경계의 계기로 삼아야 한다.

문재인은 외면하고 싶은 실패를 인정했다. 그리고 복기했다. 그는 자신의 역량을 넓히기 위해 복기와 성찰이 필요함을 알고 있었다. 그는 한 인터뷰에서 실수가 반복되는 이유는 과거의 것을 받아들이지 않기 때문이라고 이야기했다. "검증 때문에 비난을 많이 받기도 했지만, 그런 과정을 거치면서 점점 인사 기준이나 방법이 국민의 눈높이에 맞춰졌다. 다음 정부는 실수를 답습하지 않고 검증 시스템을 업그레이드해야 하는데 과거의 것을 깡그리 무시하니까 과오가 되풀이되는 것"이라고 말하며 안타까워했다. 또한 과거가 좋든 싫든 간에 활용할 수 있는 것은 해야 한다며, 그렇지 않으면 또다시 문제가 발생할 것이라고 조언했다.

그가 한 이 말은 철저한 자기 성찰에서 나온 것이다. 문재인은 인터뷰에서 늘 참여정부에 부족한 점이 있었다며, 이제는 참여정부의 과오를 복기해야 한다고 말했다. 그렇기에 그는 주저하면서도 자신의 과거를 회상하며 자서전《문재인의 운명》을 펴냈다. 차분하게 성찰하고 복기하며 성공과 좌절의 교훈을 얻기 위해서였다.

그는 잘못을 외면하지 않았다. '노무현 시민학교' 강연에서 그는 참여정부의 과오에 대해 민심과 함께 가지 못한 점을 들었다. 개혁이 조금 더디더라도 국민의 동의를 얻어서 나갔어야 했다고 말했다. 문재인은 자신만이 옳다고 여기지 않고 균형 잡힌 시각으로 자성했다. 개혁에 욕심부린 이유는 도덕적으로 우월하다고 생각했기 때문이라고 냉철하게 말했다. 옳은 일이기 때문에 밀고 나간다는 관성에 빠져서 부족한 점이 많았다고 고백하기도 했다.

실패를 인정할 뿐만 아니라 그는 실수에서 배우겠다는 자세도 가지고 있다. 그는 복기하면서 개혁을 하기 위해서는 좀 더 전략적인 접근이 필요했음을 깨달았다. 그리고 진보, 개혁 진영의 집권을 위한 통합 또는 연대가 필요함을 절실하게 느꼈다. 함께 힘을 모아 개혁을 해 나가기 위해 연대를 이뤄야 한다고 생각했고 지금 그는 자신의 생각을 적극적으로 실천하고 있다.

복기는 과거를 다시 생각하는 것으로 끝나지 않는다. 실수를 되새기고 옛 방법을 더 이상 쓰지 않는다고 다짐하며 지혜를 구하는 것이다. 판이 변하면 이전과 다르게 행동해야 한다. 바둑의 고수 조훈현은 바둑판 앞에 앉으며 두 사람의 적과 싸운다고 말했다. 하나는 앞에 앉은 적이요, 다른 하나는 자기 자신이다. 새로운 방법을 모색하며 자기를 극복한다는 이야기다. 그는 과거에 당당히 맞섰다. 그는 열등감에 위축되는 자기 자신을 이겨냈다. 그리고 판세가 바뀔 때 실수에서 배운 깨달음으로 나날이 발전했다.

실수를 저지르는 것을 두려워해서는 안 된다. 단 똑같은 실수를 저지르는 것만은 경계해야 한다. 잠시의 부끄러움보다 통렬한 반성을 통해 또다시 같은 실수를 하지 않겠다는 의지가 강한 사람이야말로 성공에 가까이 다가갈 수 있다. 불확실하고 불투명한 사회에서 치밀한 복기와 실수를 통해 배우는 자세만이 예측 불가능한 상황을 대비하며 재도약할 힘이 되는 까닭이다.

역사의 흥륭과 쇠망을 잊지 마라

1931년, 미국의 한 보험회사의 관리감독자인 하인리히는 《산업 재해 예방》을 통해 한 가지 이론을 제시했다. '1 대 29 대 300'으로 요약되는 이 이론은 '하인리히 법칙'이라고도 불린다. 하나의 대형 사고가 발생하기까지 300건의 경미한 징후가 발생하며, 29건의 중대한 결함이 직접적으로 영향을 끼친다는 이론이다.

이를 일본 도쿄대학교의 하타무라 요타로 교수도 "한 번의 대실패, 대형 사고, 멸망으로 이르는 길은 300번의 징후를 담고 있다"라고 말했다. 이처럼 작은 징조를 알아챘는지 아닌지에 따라 개인, 더 크게는 나라의 흥망이 정해진다. 역사는 한 제국의 발생부터 멸망까지를 낱낱이 기록하여 위기의 징조, 대응책을 알려 준다. 역사를 통해 우리는 오늘과 내일을 판단하고 인간의 시비와 앞으로 나아가야 할 길을 포착할 수 있다.

그렇기에 오늘날 많은 CEO가 역사를 공부한다. 위기와 쇠망의 징후를 판단하고 해결책을 찾기 위해서다. 문재인은 항상 역사에 빗대어 자신의 관점과 족적을 살폈다. 그는 자신이 역사의 발전 방향에 맞춰 행하고 있는가를 늘 염두에 두었다. 그의 언변을 보면 그의 관점과 의견이 역사의 흐름을 토대로 한 것임을 알 수 있다. 법치주의에 대한 강연을 하면서 그는 "국가가 국민 위에 군림하면서 특권적 지위를 누리던 태도를 버려야 한다"라고 말했다. 이는 구시대의 유물이기 때문이다. 역사상으로 볼 때, 이러한 자세는 오히려 퇴행하는 것이다. 국가는 국민에게 봉사해야 하며, 민주주의를 지켜야 한다고 강조했다. 이처럼 그의 말 하나하나에 역사의식이 묻어난다.

문재인은 어려서부터 역사를 좋아했다. 학교에 다니는 내내 역사를 공부할 때 가장 즐거웠고 성적도 가장 좋았다. 그래서 대학 역시 역사학과로 가길 원했으나 형편 때문에 법대에 진학했다. 그는 지금도 역사책을 무의식적으로 많이 본다. 역사책을 읽으면 삶의 태도를 정립하는 데 도움이 된다고 말한다.

영국의 극작가 조지 버나드 쇼는 "역사가 되풀이되고 예상치 못한 일이 반복해서 일어나는 것을 보면, 인간은 얼마나 경험에서 배울 줄 모르는 존재인가"라며 한탄했다. 우리의 미래는 보이지 않지만 역사를 통해 그 방향을 살필 수 있다. 그리고 "우리는 무엇을 놓치고 있는가?"라고 자문하며 위험의 징후를 읽어 낼 수 있다. 리더는 역사를 통해 현재 보이지 않는 행간을 알아차려야 한다.

문재인은 정치 지도자의 자질로 "역사가 요구하는 방향, 함께하는 통찰력, 그리고 그것을 선거라는 과정을 거쳐 현실 정치 속에서 구현해 낼 수 있는 능력"을 들었다. 위기는 한 번에 오지 않는다. 대실패에 이르기까지 수많은 신호를 보낸다. 그러나 이는 역사를 통해 현재를 볼 수 있는 눈을 가진 극소수에게만 보인다. 역사를 제대로 알고 있을 때, 엄청난 대가를 치르지 않고도 깨달음을 얻을 수 있다. 조직의 최고 리더가 구성원에게 미래의 방향을 실수 없이 알려 주는 가장 좋은 방법은 과거 사례를 참고하는 것이다. 경영학에서는 사례를 연구함으로써 이러한 점을 훈련하기도 한다.

리더는 한마디로 의사 결정권자다. 그들은 결정을 내리고 판단을 내린다. 그리고 그 판단이 한 조직의 생사를 좌우한다. 역사 속 인물들은 중요한 의사 결정을 할 때 좋은 참고 자료가 된다. 그리고 역사의 중대한 결정은 통찰력을 얻는 주요 도구가 된다. 과거와 현재가 100퍼센트 일치할 수 없기에 완벽한 답안을 제시해 주지는 않지만 자신의 결정과 비교할 수는 있다. 방향에 대해 고민하게 하고 답을 찾아가는 과정을 알려 주기도 한다. 역사를 알면 현실 적응력이 높아지고 문제 해결 능력도 향상된다.

우리는 항상 새로운 것을 추구할 뿐, 과거와 역사를 복기하기는 꺼린다. 그러나 복기하지 않으면 곧 실력 부족으로 이어진다. 중국의 바둑 프로 마샤오춘은 경기에서 졌을 때 거의 복기를 하지 않았다. 실패를 통해 배우지 않는 오만함은 그를 연패로 이끌었다. 결국 그는 중국 일인자의 자리를 후배 창하오에게 빼앗겼고 이창호 9단에게는 10연패를 당하는 최악의 슬럼프에 빠졌다.

이와 반대로 승승장구한 이창호는 어땠을까. 그의 스승 조훈현은 문하생이던 이창호의 장점이 꾸준한 연습과 복기라고 말한 바 있다. 그는 새벽 2~3시까지 복기를 하다가 지쳐 잠든 이창호를 누이면서 이 어린아이가 대성할 수 있겠다는 느낌을 받았다고 한다.

과거에 대한 복기, 역사를 통한 배움은 자기 실수를 발견하고 삶의 시각을 넓히는 가장 적합한 훈련이다. 위기의 상황을 돌파하기 위해 무언가를 새로 시작하지 마라. 잠깐 숨을 고르고 자신이 걸어온 길을 생각하는 여유를 가지는 것이 가장 먼저 할 일이다. 진퇴양난을 극복하는 비법은 복기와 성찰에 있다.

11 낮출수록 높아지는 섬김의 리더십을 가져라

앞으로 나아가고자 한다면 먼저 물러나라. 무엇인가 빼앗으려고 한다면 먼저 주어라.
다른 사람보다 더 높아지려고 한다면 겸손해지고 다른 사람보다 낮은 곳에 처하라. 지도자가 되려고
한다면 너 자신의 이익보다 다른 사람들의 이익을 우선하라. 위대한 바다가 온갖 시내의
으뜸이 되는 까닭은 자기를 낮추기 때문이다.
_마이클 탕

"오로지 그분을 뒷받침하러 갑니다."

그는 기꺼이 이인자를 자처했다. 앞에 나서기보다 참모로 남아 윗사람을 빛나게 했다. 그가 섬긴 지도자 못지않은 명망을 얻었으면서도 자신의 행적을 드러내지 않은 겸손한 사람, 그는 그렇게 낮은 곳을 선택했고 기쁜 마음으로 그 자리에 섰다.

문재인은 사법연수원을 졸업하고 1982년부터 노무현과 변호사로 활동하기 시작했다. 근거지 역시 노무현과 같은 부산이었다. 이후 1990년대 중반에 이르기까지 학생과 노동자들이 연루된 시국 사건이 일어나면 어느 지역이든 쫓아가 발 벗고 나섰다. 그리하여 그는 '인권 변호사'뿐만 아니라 '사회 활동가'로도 널리 이름을 알렸다.

1990년대 초반부터 현재까지 '민주화를 위한 변호사 모임' 부산·경남 지역 대표 변호사였고, 1988년에는 《한겨레신문》 창간위원과 부산지사장을 지내기도 했다. 부산 YMCA 이사장, 부산인권센터 공동대표, 사단법인 부산 민주항쟁기념사업회 부이사장, 부산민주시민협의회 이사를 맡기도 했다.

되짚어 보면 문재인은 한결같이 살았다. 노무현이 문재인을 민정수석에 내정한 이유를 어찌 '20년 인연' 때문이었다고 단언할 수 있으랴. 노무현은 문재인의 비틀거리지 않고 후진하지도 않았던 삶의 궤적과 우직하고 굳건한 성품을 믿었던 것이다.

문재인은 여러 번 정치권으로부터 러브콜을 받았으면서도 한사코 거절했다. 특히 2002년 6·13 부산시장 선거를 앞두고, 노무현이 거듭 부산시장 출마를 권유했는데도 고개를 저으며 사양했다.

"나는 참모용이다. 더 나은 사람이 출마해야 한다"라며 노무현이 대통령에 당선된 후에도 문재인은 '변호사로 복귀하겠다'라는 뜻을 몇 번이고 밝혔다. 그러나 시간이 가면 갈수록 노무현은 그를 필요로 했다. 밟고 밟히는 정치권의 풍토가 노무현을 짓누를수록 더더욱 문재인의 손을 그리워했다. 결국 '그만 있다면, 내 옆에 그런 친구만 있다면 힘을 얻어 조금 더 앞으로 갈 수 있지 않을까'라는 간절한 바람으로 노무현은 직접 문재인에게 도움을 청한다.

이윽고 문재인은 오로지 자신의 윗사람을 보좌하기 위해서 동참의 뜻을 비쳤다. 그때도 "나는 정치를 하러 가는 것이 아니다. 그분을 뒷받침하러 간다"라고 강조했다. 이렇게 또다시 문재인은 노무현과 함께 가게 됐다. 두 사람을 가까이서 지켜본 사람들은 문재인이야말로 노무현의 결점을 메울 적격 인물이라고 평가했다.

그들은 마치 불변의 진리를 전하는 양 '노무현 없는 문재인은 있어도, 문재인 없이는 오늘의 노무현이 있을 수 없다'고도 했다. 그리고 노무현 정권의 초대 민정수석비서관으로 정해진 문재인을 한국판 '아칸소사단(미국 클린턴 전 대통령을 보좌했던 그룹. 출신 성분과 정계에 입문하게 된 과정이 문재인의 경우와 비슷함)'의 리더로 불렀다. 미 클린턴 대통령과 함께 백악관에 들어선 아칸소사단이 수시로 기성 정치권과 마찰을 빚은 것처럼 문재인이 칼자루를 쥐면 한국 정치권도 회오리를 피할 수 없을 것이라는 우려도 많았다. 그러나 문재인이나 노 전 대통령에게 주위의 시선이나 평가는 그리 중요하지 않았다. 그들에게 서로는 이미 하나밖에 없는 선후배이자 동지 그리고 친구였기 때문이다. 노 전 대통령은 문재인과 함께 가고 있다는 사실 하나만으로도 든든한 힘을 얻었고, 문재인은 노 전 대통령을 위해 마땅히 이 길을 걷고자 결심했기에 다른 것은 염두에 둘 이유가 없었다. 피를 나눈 형제보다 더 서로 신뢰하는데 어떤 시선이나 평가가 그들을 갈라놓을 수 있었겠는가.

노 전 대통령을 '잘 섬기기' 위한 문재인의 리더십은 빛을 발한다. 2002년 제47회 변호사 연수회에서 '법치주의 개혁' 주제를 발표할 때, 그는 현시대의 개혁 방향을 점검하고 비판함과 아울러 앞으로 나아갈 청사진을 제시했다. 그는 "김대중 정부의 개혁은 더 이상 기대하기 어렵다는 평가도 있지만 오랜 권위주의 통치 체제하에서 가치가 떨어진 민주주의와 인권을 회복하기 위한 법치주의적 개혁은 절대 중단할 수 없는 시대적 과제이자 관심이다"라고 전했다. 덧붙여 개혁 의지를 가다듬어 정부와 정치권의 각성과 분발을 끌어당기는 노력이 절실히 요구되는 시점이라는 생각을 밝혔다.

공직과 사회 기강을 굳게 세우는 민정수석의 중책을 맡게 된 문재인은 정부와 정치권을 각성하게 하고 분발하도록 이끌 개혁 파수꾼으로서 제 역할을 톡톡히 해낼 의지를 보였다.

문재인이 노 전 대통령에게 지시받은 첫 번째 과제는 "부패 척결, 인사 시스템 쇄신, 검찰·경찰 개혁 방안 등에 대한 구체적인 방법을 찾으라"라는 것이었다. 문재인은 인수위 전문위원들과 이에 대한 방안을 논의한 후 "검찰과 국정원 등의 개혁을 중단할 수 없다"라며 각 부처의 역할과 나아가야 할 방향을 제시했다.

해당 부처에서는 '문재인 회오리 경계령'을 내리고 울상을 지었다. 심상치 않은 정치권의 분위기를 느낀 문재인은 다시 한 번 자신이 왜 이 길을 걷고 있는지 뜻을 분명히 했다.

융통성이 없고 정치도 잘 모른다는 문재인. 다만 노 전 대통령 당선인의 개혁에 힘을 실을 필요가 있다고 여겨 동참했을 뿐이라며 결코 정치를 할 생각이 없다고 했다. 정치권의 눈치를 보지 않고 뜻한 바를 밀어붙일 문재인의 개혁이 시작됐을 때, 일부 정치권은 그 말에 큰 부담감을 가지는 듯했다. 총리실의 한 관계자는 '갈수록 태산'이라며 불평을 늘어놓기도 했다.

빛나는 리더십의 발로, 섬김

동일 선상에서 출발했으면서도 노 전 대통령을 우러르고 자신을 낮추는 '섬김'을 선택한 문재인. 수많은 사람이 말했듯이 '노 전 대통령은 문재인이 만든 것'이 명백한데도 그는 자신을 낮추고 또 낮쳤다.

충실한 섬김. 그는 어떤 정치적 이념이나 명예욕을 결부시키지 않고 오로지 우정과 사랑, 존경으로 섬기는 마음을 가지고 있었다. 섬길 수 있었기에 잘못된 것을 바로잡을 수 있었고, 제대로 다져지지 않은 현실의 문제점을 발견하는 지혜를 발휘할 수 있었다. 그에게 노 전 대통령은 당연히 섬겨야 하는 분이었고, 섬겨야 하니 자신이 낮아져야 한다고 여겼다. 치고 올라가야 하는 마음을 가진 리더는 결코 갖지 못할 겸손과 배려가 그의 리더십을 빛나게 했다.

우리는 흔히 강력한 카리스마와 노련미를 가져야만 진정한 리더가 될 수 있다고 생각한다. 물론 세상을 평정한 위대한 위인 중에는 '강함'으로 업적을 이룬 경우도 많다. 하지만 세상이 바뀌었고 이제 강한 리더십을 높이 평가하는 사람은 많지 않다. 섬겨야 한다.

문재인은 노 전 대통령만을 섬긴 것이 아니었다. 어느 순간이든, 어느 누구든 섬겼다. 청와대에서 '왕의 남자'로 불리며 대통령의 신뢰를 받았지만 나이 어린 직원에게도 존댓말을 사용할 정도로 그는 항상 자신을 낮추고 타인을 극진히 섬겼다.

문재인이 추구한 섬김의 리더십은 이미 전 세계적으로 '새로운 리더십 모델'로 주목받고 있다. 전문 용어로 '서번트 리더십(Servant

Leadership)'이라고 하는데, 거슬러 올라가면 1970년대 후반에 처음으로 제기되었고 한동안 별다른 주목을 받지 못하다가 1996년 4월 미국의 경영 관련 서적 전문출판사인 JosseyBass사가《On Becoming a Servant-Leader》를 출간한 것을 세기로 각 분야에서 지향하는 리더십이 되었다. 서번트 리더십은 사람과의 관계 관리(Relation-Management)를 중시하는 것으로, 타인을 가장 중요한 재원(財源)으로 여긴다. 타인에게 리더의 모든 경험과 전문 지식을 제공한다. 또한 타인을 매우 중요하게 평가하며 극진하게 모시는 리더십을 말한다. 일반적인 관점에서 볼 때 서로 상대적인 의미로 이해할 수 있는 '섬김(Servant)'과 '리더(Leader)'라는 두 단어가 함께 만나 새로운 유형의 리더십을 만들어 낸 셈이다. 문재인이 서번트 리더십을 연구한 학자들이 제시한 '섬기는 리더(Servant-leader)'의 면모를 가지고 있다는 점만 보아도 그는 이 시대가 원하는 빛나는 리더십을 가졌다. 그럼에도 문재인은 자신을 더 낮추고 낮추어 노 전 대통령이야말로 섬김의 리더였다며 살아생전의 그를 그리워했다.

문재인은《문재인의 운명》에 노 전 대통령은 변호사일 때부터 자신을 존중해 줬다며, 늘 자신에게 높임말을 사용했다고 했다. 약간이라도 편한 높임말을 쓴 것은 문재인이 청와대에 들어가서부터였다는 것이다. 그전까지는 더 깍듯한 높임말로 문재인을 대우해 줬다. 문재인은 노 전 대통령이 자신을 대해 준 태도가 쉬운 일이 아니라고 생각한다며 존경의 뜻을 비쳤다. 우선 노 전 대통령은 판사도 거쳤고 변호사도 몇 년 한 분이었다. 변호사 업계에서도 상당한 기반을 닦은 경륜 있는 변호사였던 반면 문재인은 사법연수원을 갓 졸업한 완전 새내기였다. 그런 자신과 같이 사무실을 동업한다는 것은 쉽게 생각할 수 있는 일이 아니었을 텐데 노 전 대통령은 선뜻 자신을 믿어 주었다고 했다.

문재인은 노 전 대통령과 변호사 동업을 하는 동안 조금 중요한 시국 사건일 때는 공동으로 변호인을 맡는 경우가 많았다고 했다. 그때그때 각자의 업무량에 따라 주심 변호사를 정했는데, 노 전 대통령이 주심을 맡기도 했지만 자신이 주심인 경우도 많았다는 것이다. 그럴 때 노 전 대통령은 문재인이 끌어 나가는 방향 그대로 늘 공감해 줬다고 한다. 단 한 번도 그가 하고자 하는 소송의 수행 방향에 대해 이견을 내놓은 적이 없다고. 문재인은 그 점이 내내 기억에 남는 듯했다. 참으로 굉장한 신뢰와 존중, 대접을 해 준 노 전 대통령의 잔상이 쉽게 지워지지 않는 듯 한 줄 한 줄 고백의 문구를 《문재인의 운명》에 채워 나갔다.

문재인은 노 전 대통령에게서, 노 전 대통령은 문재인에게서 섬김의 리더십을 믿고 서로 깊이 존중했다. 훌륭한 섬김의 리더십을 가진 두 리더. 물처럼 만물을 이롭게 하면서도 더 높은 곳에 오르려고 하지 않았던 영혼. 아무것도 바라지 않는 낮은 곳에 처해 있으면서도 자신의 공적을 내세우지 않으며 일을 이루기 위해 다투지 않았던 여유를 가졌던 보기 드문 정치인.

지금은 떠나고 없는 살아생전의 노 전 대통령에게서 우리는 문재인의 모습을 발견한다. 또한 살아 있는 문재인에게서 우리는 노 전 대통령이 남긴 섬김의 미학을 느낀다. 서로 섬김의 리더십을 배우고 전하며 참된 벗이 된 그들에게서 낮추고 낮추지만 세상을 변화시키는 아름다운 사랑을 배운다.

12 시대의 트렌드에 맞는 소프트파워를 지녀라

말은 부드럽게 하되 큰 몽둥이를 들고 다녀라.
_시어도어 루스벨트

2012년 대선 후보였던 문재인과 박근혜. 몇 해 전, 정치권에 박근혜 바람이 불었다면 그 무렵에는 문재인 회오리가 일었다. 정치권의 눈은 손학규와 문재인이라는 야권 후보 플레이오프가 아니라 박근혜와 문재인이라는 코리안시리즈로 옮겨갔다. 과연 두 인물이 대선에서 맞붙는다면 누가 이길까. 그때 어느 여론 조사 기관에서는 박근혜의 지지율이 가장 높았고 문재인이 그 뒤를 따랐다고 전했다. 그만큼 정치권은 손학규와 문재인이라는 야권 후보 플레이오프가 아니라 박근혜, 문재인 두 사람의 코리안시리즈였다.

매우 다른 두 사람. 남과 여라는 성이 다르고 살아온 환경, 정치적

노선과 가치관까지 달랐다. 박근혜는 공식적으로 아무 직함이 없었지만 열 살이 되기도 전에 최고 권력 핵심부에 들어섰다. 이후 오랜 세월 집권한 박정희 대통령 아버지 곁에서 정치를 지켜보았다. 어머니의 죽음 이후 박정희 대통령이 어디든 나서면 영부인 대신 아버지의 곁을 따랐다. 대통령을 따라다니며 권력을 속속들이 알게 되고 그것이 얼마나 무서운지 알았을 것이다. 아마 박근혜는 권력을 쥐고 있을 때 앞에서 고개를 조아리는 사람들을 보며 통쾌함과 연민이 교차하는 감정도 느꼈으리라.

문재인은 어떤가. 6·25 전쟁으로 실향민이 된 아버지의 아들이다. 어렸을 때부터 온갖 고생을 했다. 아버지의 죽음 이후 홀어머니 밑에서 성장하며 거칠게 자랐다. 고생은 자랑이 아니지만 소중한 경험으로 남았다. 특히 리더로 평가받는 문재인에게 가난과 고생은 돈과도 바꿀 수 없는 귀중한 자산이 되었다. 가난했기 때문에 국민의 고통을 이해할 수 있었다.

그는 운동권 시절을 거쳤다. 독재 시절 민주주의를 목숨과도 바꿀 수 있는 가치라고 여기며 투쟁했는데 그 경험 역시 매우 소중하다고 생각했다. 제적과 구속, 유치장 안에서 받은 고시 합격 통지서를 받고 신념을 불사르던 일. 이런 문재인이 민주주의를 배신하는 일이 있을까.

　이렇게 다른 둘에게 매우 중요한 같은 점이 있다. 바라보는 시선은 달랐지만 최고 권력을 가장 가까이에서 보고 경험했다는 사실이다. 경험은 최고의 스승이므로 이들의 경험은 보통 사람이 가질 수 있는 기회가 아니다. 그런데 또 권력을 대하는 자세가 달랐다. 한 사람은 박정희 전 대통령의 퍼스트레이디로서 권력 충돌의 최전선에 있었고, 정권을 받치는 한 축으로 자리했다.

　반면에 문재인은 민정수석 자리를 미련 없이 던지고 참여정부 출범 1년 만에 네팔로 배낭여행을 떠날 정도로 자유로운 사람이었다. 건강이 악화됐다는 이유와 열린우리당의 총선 출마 압력을 피하고 싶어서 '도망간' 것으로 보는 눈도 많았다. 부산파 출신의 한 정치인은 "넥타이를 매고 청와대에 있는 것보다 에베레스트에 오르는 것이 문재인의 참모습"이라고 평할 정도로 문재인에게 권력은 피하고 싶은 독약이라고 말했다. 박근혜 전 대표가 그 독약을 다시 마시기 위해 1998년 정치에 다시 뛰어든 것과 매우 다른 모습이다. 이처럼 정치 경력이나 권력 의지 면에서 두 사람은 비교가 불가능할 정도로 매우 다르다.

　2011년 무렵 정치 상황을 읽어볼 때 박근혜와 문재인의 대결은 쉽지 않을 것으로 보였다. 설사 문재인이 대권을 강력히 원한다고 해도 야권 통합이 먼저 전제돼야 하는 상황이었다. 통합에 실패한 민주당 간판으로 나서면 참신성도 떨어질뿐더러 대선 참여 시간도 촉박했기 때문이다. 대선주자로 나서려면 최소한 4~5개월의 시간이 필요했지만 문재인은 대선 출마 가능성에 대해 물어도 뚜렷한 답을 하지 않고 있었다.

시대의 트렌드, 소프트파워

분명 문재인은 현실 정치의 한계에 봉착했었다. 그럼에도 이 시대와 국민은 한국 정치의 '열풍'으로 문재인을 꼽고 예측 불가한 인물로 지목했다. 정치전문가나 현역 위원 대부분이 초야에 묻히길 좋아하고 정치인보다 '사람' 기질이 다분하며 온갖 난관을 극복하면서 조직을 이끌 강력한 리더십이 없는 문재인의 가능성을 그리 높이 평가하지 않는데도 이 시대와 국민이 그를 응원한 것이다.

또한 정치 변수로 '열풍'이나 '트렌드'를 강조하는 정치전문가들은 문재인을 주목했다. 그가 대단한 인물이라서가 아니라 지금 그를 응원하는 한 시대와 국민이 그를 대권으로 밀어 올릴 가능성이 있다고 보았기 때문이다. 문재인 자신의 의지라기보다 대중의 열망으로 청와대에 재입성할 수 있다는 것이다. 바로 여기서 비교가 불가능할 것 같았던 두 인물, 문재인과 박근혜의 첫 번째 비교 포인트를 알 수 있다.

정치인의 제1덕목인 리더십에서 문재인은 그 누구보다 우위다. 이것은 시대의 트렌드다. 박근혜는 여의도에서 대표적인 하드파워를 가진 정치인으로 통해 강력한 카리스마를 가졌었다. 이인자를 허용하지 않는 보스 기질, 권위주의 등이 박근혜를 대표하는 용어였다. 반면에 문재인은 소프트파워의 정치인이다. 많은 사람이 그를 '타협과 화합'이라는 소프트파워의 상징적인 모습으로 기억한다. 참여정부 출신의 한 의원은 이에 대해 "노 전 대통령 정신은 '국민에 대한 무한 신뢰요, 소통과 화합의 정신'이라고 할 수 있다. 이를 가장 잘 알고 실천한 대표적인 정치인이 문재인 이사장이다"라고 했다. 문재인은 늘 '상대를 존중하고 대화와 타협으로 합의를 이끌어 낼 것'이라고 입버릇처럼 말했다. "노 전 대통령도 사회의 골치 아픈 현안은 거의 문재인 이사장에게 맡길 정도로 그의 진정성과 중재 능력을 높이 평가했다"고도 덧붙였다.

박근혜의 하드파워는 과거의 리더십이다. 앞으로는 문재인이 가진 소프트파워가 트렌드가 될 것이다. 이미 정치적 가르침보다 조건, 폐쇄보다 개방, 안전보다 변화, 이성보다 감성을 무기로 삼는 소프트파워가 대세다. 많은 기업체에서 소프트파워를 가진 리더가 주목받고 있듯이 정치권도 예외는 아니다. 트렌드를 고려한다면 문재인은 박근혜의 강적이 될 법했다.

소프트파워의 조건, 감성과 솔선수범

소프트파워 개념의 창시자이자 미국을 대표하는 정치학자인 조지프 나이 하버드대학교 석좌교수는 저서 《조지프 나이의 리더십 에센셜》에서 하드파워와 소프트파워의 차이점에 대해 설명하고 있다. 이탈리아 정치가이자 사상가였던 마키아벨리는 "군주가 백성들에게 사랑과 경외를 모두 받기는 힘들다. 백성들에게서 사랑을 받는 것보다 경외를 받는 것이 더 안전하다"라고 역설했다. 반면에 중국 정치사상가였던 노자는 "가장 좋은 군주는 백성들이 그의 존재를 잊고 지내게 하는 것"이라는 말을 남겼다. 이를 단적인 예로 볼 때

마키아벨리식 리더십을 하드파워로, 노자식 리더십을 소프트파워로 명명한다고 했다.

이 두 리더십은 극명한 차이를 보인다. 하드파워는 정치적이나 경제적인 파워를 바탕으로 존재하고, 소프트파워는 위협이나 보상에 기대지 않은 채 의식과 제도를 설정한다. 따라서 하드파워는 권력을 바탕으로 리더십이 운용되며 유인(당근)과 위협(채찍)에 의존하는데, 소프트파워는 리더가 감성에 호소하고 솔선수범해야 그 힘을 발휘할 수 있다. 조지프 나이는 소프트파워 개념의 창시자지만 "소프트파워 자체가 선은 아니며 언제나 하드파워보다 좋은 것은 아니다. 하지만 전쟁터 지휘관이 아닌 이상 소프트파워가 효과적이다"라고 정리한다.

하드파워는 단기적으로 빠르게 목적을 달성할 수 있을지 몰라도 끝이 좋지 않은 때가 많다. 시종일관 하드파워를 구사한 부시는 결국 성공한 대통령으로 남는 것에 실패했다. 가까운 예로 단연 뛰어난 경제 성장을 이룩한 한국의 박정희, 전두환 전 대통령을 누구나 존경하고 우러러보지 않는 이유는 이 사회가 마치 전쟁터로 느껴질 정도로 지나친 하드파워로 지배하려 했기 때문이다.

유동적인 파워의 흐름을 간파할 때, 지금 현재는 소프트파워에 손을 들 수밖에 없다. 소프트파워가 아무리 심성이나 외모, 연설 능력 같은 개인적인 매력에 의존하고 사회 트렌트가 빚어낸 리더십이라고 할지라도 많은 사람이 원하고 있다. 한국의 오랜 역사를 겪어 오면서 하드파워에 환멸을 느낀 사람이 많기 때문이다.

이 부분에서 문재인은 점수를 얻었다. 한평생 민주주의를 위해 솔선수범하며 살아왔고, 자신의 리더 노 전 대통령을 섬기기 위해 정계에 진출한 의리파로 호감을 샀다. 통합과 화합이라는 감성적인 키워드로 수많은 사람의 마음을 움직였다. 그리하여 그는 소프트파워의 기본 요건을 가진 희망적인 인물로 알려지게 되었다. 과거 리더십이 '자질'이라는 주제에 쏠려 있어 리더가 되기 위해서는 이런저런 외부적인 요건을 골고루 갖추고 있어야 했지만 지금은 그렇지 않다. 성장 배경이나 자질 면에서 박근혜를 따라올 수 없지만 특성보다 상황을 중시하는 현재의 트렌드는 오히려 문재인을 특색 있는 인물로 만들었다.

문재인은 늘 소프트파워가 가진 단점까지 보완한 리더가 되기 위해 자문한다. 특정 상황에서 탁월한 리더인 사람이 다른 상황이 전개되면 실패한 리더가 될 수도 있다. 즉, 어느 분야에서 실력을 인정받고 다른 자리를 제의받는다고 해도 움직일 때는 신중해야 우를 범하지 않을 수 있다는 말이다. 문재인은 대선 출마를 권유받을 때나 정치에 진심으로 뜻이 없냐는 질문을 받으면 항상 되묻는다. "이 상황에 내가 적임자인가? 나보다 더 나은 사람이 있지 않은가." 상황을 읽고 신중할 줄 아는 사람이다. 문재인식 리더십은 소프트파워를 가졌다.

소프트파워 시대가 열렸다

리더를 둘러싼 환경은 급변하고 있다. 조직은 갈수록 평평해지고, 개성이 강한 현대사회 구성원들은 권위에 쉽게 굴복하지 않는다. 물론 추종자의 다양한 욕구와 희망은 감성적인 호소만으로 채워지는 것도 아니다. 미래는 하드파워뿐만 아니라 소프트파워를 가진 기업과 리더가 주도할 것이다.

능력과 권위로만 똘똘 뭉친 리더는 모든 것을 장악할 수 없다. 결정적인 순간에 결단력을 발휘하고, 참신한 아이디어를 내놓으며, 어떤 사안이든 공유할 수 있는 감성의 소유자여야 한다. 타인과 열린 마음으로 대화하고, 가슴을 울리는 멘토링을 해 주며 현 상황과 정보를 인지하고 있어야 한다.

하드파워 시대는 지나갔다. 지금은 소프트파워, 또는 그보다 더 발전된 리더십으로 승부해야 할 때다. 주위 사람들에게 영감을 제공하라. 친화, 협동을 통해 목표를 달성하게 만들라. 수평적이고 여성의 부드러운 면모를 강조하는 소프트파워 시대가 열렸으니.

13 공동체 안에서 비전을 함께 세워라

누군가는 성공하고 누군가는 실수할 수도 있다. 하지만 이런 차이에 너무 집착할 필요는 없다.
타인과 함께, 타인을 통해서 협력할 때 비로소 위대한 것이 탄생한다.
_앙투안 드 생텍쥐페리

우리는 리더라고 하면 대개 카리스마 있는 정치적, 군사적 인사들을 떠올린다. 대중을 심복시켜 따르게 하는 능력이나 자질을 가진 자를 보고 리더십이 있는 사람이라 칭한다. 하지만 이들의 방법에는 근본적인 결함이 있다. 강해 보이고 권위주의적인 이미지를 가지고 있는 사람들은 무슨 일이 있어도 자신이 원하는 것을 밀어붙이는 식으로 일을 해결하려 한다.

그러나 이는 획일화된 잣대로 나와 남, 사회를 평가하는 위험한 방식이다. 인간이기에 가질 수밖에 없는 흠, 한계, 치부를 손가락질하고 비난하기 때문이다.

서로 경쟁을 하여 부족한 점을 꼬집기보다는 더 나은 방법을 선택해야 한다. 부실하고 나약하지만 소통과 연대를 통해 서로 위하는 것이다. 각기 다름을 인정하고 역할과 몫을 나누는 것, 상반되어 보이는 것을 통합해야 살길이 보인다.

구동존이(求同存異) 자세

경쟁만이 이기는 길이라고 여겨온 사회에 요즘 들어 통합의 물꼬가 트고 있다. 그 가운데 문재인은 상생을 위한 통합을 가장 주도적으로 이끌고 있는 인물이다. 특히 2011년 9월 한 달 동안 정치계에서 이루어진 서울시장 보궐선거(이하 보선) 후보 단일화 작업을 보면 그의 행보는 더욱 두드러지게 나타난다.

2011년 9월 초, 서울시장 보선에 안철수 서울대학교 융합과학기술 대학원장이 출마를 검토한다는 사실이 대중에 알려졌다. 이 소식은 정치계에 큰 파장을 일으켰다. 민주당 등 야당이 추진하는 야권 통합 후보를 염두에 두고 박원순 변호사가 서울시장 보선 출마 선언을 한 터라 더욱더 반향이 컸다. 박원순 변호사, 안철수 원장 모두 여권보다 야권과 가까운 정치적 성향을 가진 터라 두 사람이 동시에 나오면 비슷한 지지 세력의 표가 분산되고, 결과적으로 여권의 후보가 당선될 가능성이 있기 때문이었다.

정치계 인사들이 저마다 당혹감을 감추지 못하고 있을 때, 문재인은 안철수 원장을 향해 야권 단일 후보 선출 경선 참여를 요청했다. "한나라당에 맞설 단일 후보 선출 절차에 함께해 주셨으면 한다. 독자적인 길을 걸으면 한나라당 후보에게 어부지리를 안겨 주지 않을까 걱정된다"라며 안철수 원장을 설득했다. 뿐만 아니라 단일 후보 작업을 위한 자신의 열정을 "언젠가 계기가 되면 안 원장이 새로운 정치를 열어가는 대열에 합류하기를 기대한다. (안 원장을) 받들어 모시더라도 그와 협력할 뜻이 있다"라고 표현했다. 그는 단일화 후보를 만들어 내기 위해 자신을 낮추는 것까지 마다하지 않았다.

또한 한편으로는 단일화 후보를 통해 이루고자 하는 최종 목표인 야권 통합도 신속히 진행했다. 이는 안 원장에게 야권 통합이 헛된 꿈이 아니며 함께 힘을 모아 자유, 평등, 인권, 복지, 평화의 체제를 만들 수 있다는 것을 보여 주기 위함이기도 했다. 문재인은 한명숙 전 총리와 박원순 변호사의 자리를 주선하고 범야권 승리를 위해 협력하는 데 뜻을 모았다. 그는 서울시장 보선 단일화 후보의 중요성을 강조하는 형식적인 자리를 넘어 서로 간의 합의까지 이끌어 냈다.

야권과 시민이 하나 되어 승리하는 선거를 만들 것, 단일 후보를 통해 여당과 일대일 구도를 구축할 것, 박원순 변호사, 한명숙 전 총리 모두 야권 단일 후보 선출을 위해 상호 협력 및 지원할 것, 서울시장 보선을 계기로 야권의 단결과 협력이 이뤄지도록 최선의 노력을 기울일 것이 합의된 내용이다. 합의문에는 문재인이 야권 통합이라는 비전을 향해 얼마나 확고한 의지를 가지고 있는지가 잘 드러나 있다. 뿐만 아니라 그의 계획이 추상적인 것이 아니라 실행 가능성이 높다는 것도 알 수 있다.

　문재인의 중재로 이루어진 만남은 통합의 가능성과 혁신과 화합의 메시지를 보여 주었다. 그리고 이는 안철수 원장에게도 전해졌다. 문재인은 한 지역 언론사와의 인터뷰에서 "저는 박 변호사와 잘 알고, 박 변호사는 안 원장과 친하다. 친구의 친구는 서로 통할 수 있을 것"이라고 말한 바 있다. 그는 박원순 변호사에게 야권 통합의 믿음과 실현하는 방안에 대해 말했고, 박원순 변호사는 이를 두고 안철수 원장과 이야기를 나눈 것이다. 이윽고 안철수 원장은 서울시장 보선 불출마 선언을 했고 박원순 변호사를 지지한다는 입장을 표명했다. 뒤이어 한명숙 전 총리도 서울시장 보선 불출마를 공개적으로 발표했고 야권 단일화 후보 작업에 더욱 속도가 붙었다.

이러한 일련의 과정에 늘 문재인이 있었다. 그는 상대방과 자신의 공통점을 확인하고 그것에 근거해 손을 잡아 아군의 힘을 확대, 강화했다. 이를 '구동존이(求同存異)' 자세라고 말하는데 직역하면 "다른 것이 있어도 같음을 추구한다"는 의미다. 저우언라이(周恩來) 총리도 '실리외교정책'을 강조하면서 이 전략을 사용한 적이 있는데, 이를 능숙하게 사용하는 사람은 드물다. 그 이유는 자신의 비전에 대한 확고한 신념과 자신감 그리고 넓은 관용과 포용력이 있어야 하기 때문이다.

그런 면에서 문재인은 필요 요소를 다 갖추었다. 그는 야권 통합을 통해 정권 교체를 이루고 마침내 사람 사는 세상을 만들고자 하는 강한 확신이 있었다. 또한 서로 정책적 지향이나 가치관이 다르더라도 그 차이를 용인하는 자세를 지녔다. 이는 시민들에게 더 나은 방향이라면 그것을 기꺼이 받아들일 수 있다는 깨끗한 마음에서 비롯된 것이다. 인격적으로 보았을 때, 그는 부드러운 사람이다. 날선 비판을 앞세우기보다는 상대방과 눈높이를 맞추고 진심으로 다가가 상대방을 설득한다.

사람 사는 세상을 위한 포용과 통합의 리더십

그는 제19대 대선을 앞두고 부산, 경남 지역의 야권 단일 후보 당선을 돕는 역할에 적극적으로 나섰다. 그런 그를 두고 일부는 정치를 직업으로 삼을 의도가 심중에 있는 것이라고 이야기했다. 그러나 그의 인생을 돌이켜보면 그가 뜻을 품고 있는 분야는 정치가 아니라 시민사회 운동이다. 그가 관심을 쏟았던 일은 사람들을 단합시키고, 그들의 갈등을 해결하고, 설득해 공통의 목표를 달성하는 일이었다.

단적인 예로 그가 '민주사회를 위한 변호사 모임'(이하 민변)의 창립 멤버로 부산 지부를 끌어 온 것을 들 수 있다. 그에게 민변은 특별한 존재였다. 그는 공동체를 조직하여 힘을 하나로 모아 문제에 맞서는 것을 뜻깊게 생각했다.

과거 어두웠던 독재 시절에 인권 변호 활동을 하는 것은 어렵고 외로운 일이었다. 서울은 그나마 괜찮은 편이었지만, 지방은 활동 인원이 거의 없었다. 문재인과 노무현 변호사는 부산은 말할 것도 없고 창원, 울산, 거제, 심지어 대구, 경북 구미에까지 다니며 민변 멤버를 모았다. 홀로 활동할 때는 고된 일도 뜻을 같이하는 변호사들이 모여 하나의 조직을 갖추면 쉬워진다는 믿음 때문이었다. 서로 힘과 의견을 모을 수도 있고, 역할을 분담할 수도 있고, 중요하거나 어려운 사건은 공동으로 변론할 수도 있다. 그런 목적으로 민변을 창립한 것이다. 민변이 창립된 이후로는 앞서 말한 것처럼 변호사들이 한마음으로 역할을 나누어 공동 대응을 하는 등 여러 가지 혜택을 누렸다. 뿐만 아니라 검찰 개혁 등 많은 과제를 사회에 제시하기도 했고, 필요한 공익 소송을 기획해서 수행하기도 했다. 민변이 한국의 법률 문화를 바꾸는 데 지대한 역할을 한 셈이다. 이처럼 그는 공동체의 힘을 명확히 이해하고 믿는 사람이었다.

변호사 시절부터 가졌던 연대 의식은 노 전 대통령의 죽음, 이명박 정부의 과오 등을 겪으면서 '야권 통합'이라는 비전으로 점점 커져갔다. 야권 연대를 통한 통합의 움직임은 오래전부터 있었으나 실패와 시행착오를 거듭하고 있었다. 야권 단일 후보를 내는 절차에서 정당 간에 잡음과 분열이 있거나 개개인의 희생이 강요되었다. 그러한 가운데 그는 이전과 같은 방식으로는 야권 통합을 이룰 수 없다고 판단했다. 그리고 뜻이 맞는 이들과 함께 야권 대통합 추진 기구인 '혁신과 통합'을 발족했다.

그는 여기에 시민의 힘을 더했다. '당신들이 꿈꾸는 나라'라는 주제의 정치 콘서트에서 그는 시민들에게 참여를 호소했다. 그가 꿈꾸는 세상은 깨어 있는 시민의 힘을 바탕으로 하기 때문이다. 잘나고 돈 있는 사람뿐만 아니라 경쟁에서 처지는 사람들, 덜 가진 사람과 장애인, 소수자가 함께하는 존엄한 세상을 이루는 것. 그것이 문재인의 소망이었다. 민주주의와 인권이 제대로 갖춰지고, 경쟁에서 뒤떨어지는 사람을 배려하는 사회를 만들고자 하는 그의 신념은 사람들의 마음을 움직이기 충분했다.

자신의 비전에 대한 굳센 믿음을 기반으로 한 그의 리더십은 '포용력'으로 더욱 빛을 발한다. 경남 4·27 '김해 을' 국회의원 보궐선거를 앞두고 야권 후보 단일화를 진행할 때의 일이다. 후보 단일화 방법으로 민주당은 국민참여 경선을, 국민참여당은 여론조사 경선을 선호하며 이견을 좁히지 못했다. 이 과정을 지켜본 문재인은 누군가는 나서서 꼬인 패를 풀어야 한다고 생각하고 자신이 중재에 나섰다.

그는 민주당 백우원 의원과 곽진업 후보를 함께 만나 설득했다. "단일화가 지연돼 국민들이 화가 많이 났다. 통 큰 결단이 필요하다. 누가 결단하는가가 중요하다. 불리한 상황에서 결단하는 것이야말로 노 전 대통령의 정신"이라는 그의 말에, 곽 후보는 국민참여당이 요구하는 100퍼센트 여론조사 경선을 수용하겠다는 뜻을 밝혔다.

문재인은 곽진업 후보의 결단을 고맙게 생각하고 지지한다며 그에게 공을 돌렸다. 그는 자신의 공로를 인정받으려는 시도조차 하지 않았다.

후보단일화를 위해 가운데서 다리를 놓아주고 중재하고 힘을 보태는 것은 시민 단체들도 다 하는 일일 뿐 그리 큰일은 아니라고 말했다. 그저 각자가 서 있는 위치에서 할 수 있는 일들을 다 해 나가면 그만이라고 말하며 온전히 곽 후보가 찬사를 받도록 물러섰다.

일이 잘될 때의 공은 타인에게 돌리고, 일이 잘 풀리지 않을 때의 실책은 자신이 겸허하게 수용하는 것, 그것이 문재인식 리더십의 핵심이다. 4·27 김해 을 국회의원 보궐선거에서 여당에 패한 실책을 묻자 그는 모두가 최선을 다했음에도 현재 단일화 방식이 갖는 근본적인 한계 때문에 진 것이라고 말했다.

"일이 잘 풀리지 않으면 남을 탓하는 태도가 문제다. 그러나 그것은 옳지 않다. 비록 단일화 과정에서 민주당이 패배했지만 최선을 다했다고 생각한다. 물론 다른 지역 후보들이 출마했기 때문에 충분한 힘을 할애하지는 못했지만 정말 최선을 다해 도왔다"며 선거의 실패를 누구의 탓으로도 돌리지 않았다. 오히려 한나라당 김태호 후보가 더 잘해서 승리한 것이며, 우선 김 후보에게 축하드릴 일이라고 말했다. 반대편의 후보를 감싸 안으며 축하하는 것은 이제껏 정치권에서 보지 못했던 기이한 풍경이다. 문재인은 너와 나를 넘나드는 이러한 포용력으로 안철수 원장과 박원순 변호사의 아름다운 합의를 이끌어 낸 것이다.

정치에 대한 사심 없이 그는 오직 한 가지에 집중했다. 깨어 있는 시민들의 외침에 귀를 기울였다. 그리고 사람들을 설득하여 서로 협력하도록 유도했다. 서로의 의견 차이를 극복하고 그들을 등지게 한 어떤 갈등을 넘어서서 모두가 공동의 이익을 추구할 수 있도록 깨닫게 해 주었다. 그는 지금도 공동체 안에서 비전을 바라보고 있다. 그는 정치 못잖게 시민, 사회, 문화 운동이 필요하며, 이런 운동이 더디게 보일지언정 사회를 바닥부터 변화시킨다는 생각을 가지고 있다. 함께 공동의 목표를 향해 달려갈 때 비전은 더욱 쉽게 이룰 수 있으며, 꿈처럼 보이는 사람 사는 세상, 살맛 나는 세상을 만들 수 있다는 그의 리더십과 신념은 지금도 계속되고 있다.

14 틀린 게 아니라 다를 뿐, 다양성을 포용하라

개성을 억압하는 것이 있다면, 무엇이건 그것은 독재다.
_존 스튜어트 밀

옛날에 소와 사자가 살았다. 둘은 매우 사랑하여 결혼하게 되었다. 평생 서로 배려하며 살자고 약속한 이들의 평화롭고 행복한 나날을 보냈다. 아내 소는 항상 사자에게 맛있을 풀을 손질해 놓았다가 주었다. 사자는 바깥에서 고기를 물어 와 맛있게 먹으라며 아내 앞에 놓았다. 그런데 참 이상했다. 소와 사자는 점점 마르고 힘이 없어 보였다. 자신이 먹고 싶은 풀과 고기를 사랑하는 아내와 남편을 위해 준비하고 가져다주었는데도 그들은 잘 먹지 못했다. 초식동물인 소는 고기를 먹지 않고 육식동물인 사자는 풀을 먹을 수 없기 때문이었다. 그럼에도 자신을 배려한 아내나 남편에게 미안해서 솔직하게 말하지 못한 것이 화근이었다.

툭 털어놓지 못해서인지 소와 사자는 서로에게 불만만 쌓여 갔다. 잘 먹지 못해서 병에 걸린 이들은 어느새 서로 원망하는 '비극의 부부'가 되고 말았다.

많은 사람이 잘 알고 있는 '소와 사자 이야기'를 현실성과 상상력을 가미해 약간 변형했다. 뜻이 잘 맞고 마음 깊이 사랑했던 부부지간에도 서로 다르다는 것을 미처 깨닫지 못하면 불행을 가져올 수 있다.

독수리 엄마와 오리 새끼가 있었다. 엄마는 자신의 자식을 누구보다 용감한 하늘의 제왕으로 키우고 싶었다. 제왕이 되면 명성을 날리고 평생 안락한 생활을 할 수 있다고 여겼다. 자식이 누구보다 평안한 삶을 살기를 바랐던 독수리 엄마는 오리 새끼가 발전할 수 있도록 지도해야 하는 게 자신의 본분이라고 생각했다. 그러나 오리 새끼는 저수지에서 친구들과 떼지어 노는 게 재미있었다. 하늘의 제왕이 뭔지 왜 그런 게 되어야 하는지 관심조차 없었다. 때가 되었다고 생각했을 때 엄마는 새끼를 낭떠러지로 데리고 갔다. 오리 새끼는 가지 않겠다고 울었다. 낭떠러지는 무서우니 그냥 친구들과 놀게 해 달라고 애원했지만 독수리 엄마는 매서운 눈빛으로 오리 새끼를

노려볼 뿐이었다.

"너는 날아야 해. 하늘을 지배하고 이 세상 모든 새의 제왕이 되어야 한다고."

독수리 엄마는 싫다는 오리 새끼를 억지로 낭떠러지로 끌고 가서 날아 보라고 윽박질렀다. 오리는 엄마의 성화에 어쩔 수 없이 날개를 펼쳤다. 두려워서 눈을 꼭 감고 아래로 뛰어내렸다.

오리 새끼는 어떻게 됐겠는가. 하늘을 훨훨 날았다? 천만의 말씀이다. 낭떠러지 아래로 곤두박질쳐 죽고 말았다.

소와 사자, 독수리 엄마와 오리 새끼 이야기는 부부나 부모 자식 간에만 통용되는 우화가 아니다. 우리 사회에는 내가 하는 말과 행동은 맞지만 상대방이 하는 말과 행동은 다르다고 말하는 사람이 많다. 타인의 개성을 무시하고 자신의 의견과 고집만 강조하며 그것이 진정한 배려라고 착각하는 사람들도 수두룩하다. 다양성을 인정하거나 수용하지 않은 이들은 지금 소와 사자 부부가 서로 힘들게 한 것처럼, 독수리 엄마가 오리 새끼에게 강요하듯이 주위 사람을 버겁게 하고 있다.

회고, 다양성이 인정되는 사회인가

노무현 전 대통령 서거 1주기 때 문재인은 지난 1년을 회고하며 모 기자와 인터뷰를 했다. 그는 국가적으로 참담한 현 상황을 짚으며 이명박 정부를 비판했다. 참여정부를 퇴임할 때 후퇴나 정체는 예상하고 있었으나 지금 이명박 정부는 노무현 김대중 정부 이전도 아닌 1970~1980년대로 돌아가 버렸다고 말했다. 민주주의와 남북 관계는 노태우 정부부터 힘들게 구축했고 김대중 정부 때 뛰어올랐으며 참여정부 때 질적으로 발전했다. 다소 시행착오를 겪고 후퇴하더라도 노력하면 되돌릴 수도 있겠지만 남북관계처럼 한번 무너지면 만회하는 데 많은 시간이 필요하다. 문재인은 이명박 정부가 어렵게 일군 텃밭을 망가뜨렸다고 여겼다.

천안함 사건을 보면서도 문재인은 많은 생각을 한 듯했다. 노 전 대통령이라면 원인이 무엇인지를 떠나 정치적으로 이용하려고 한다거나 선거에 도움이 되는 쪽으로 이용해 볼 것은 꿈에도 생각하지 않았을 텐데, 하며 아쉬워했다. 간혹 참모들이 그런 관점에서 이야기하면 매우 화를 내거나 단호하게 물리치곤 했던 노 전 대통령을 지켜봤기에 문재인은 이명박 정부와 참여정부를 비교하지 않을 수 없었을 것이다. 물론 이명박 정부가 천안함 사건 초기에 초동 대응을 잘했다는 것은 인정하지만 하지만 안보 정책을 논의하는 자리는 공식적이든 비공식적이든 다양한 사람들의 의견을 듣고 최고 결정권자가 판단해야 옳다고 했다. 같은 생각을 가진 사람끼리 이야기하면 쉽게 자기 확신이라는 오류에 빠져 똑같은 실수를 반복한다며 그런 점에서 균형을 잡아 줄 두 전직 대통령이 세상에 없다는 것은 이명박 정부에 불행이라고 밝혔다.

의도하지 않아도 우발적인 충돌이 일어날 수 있는 지대, 서해. 충돌이 일어났을 때 맞대응해 초전 박살해서 이기는 것이 중요한 것만은 아니라는 의견을 무시하고 공격을 강행한 이명박 정부를 지켜보며 국민은 불안에 떨었다. 문재인은 노 전 대통령 재임 기간이었다면 다른 대응을 했을 거라고 했다. 참여정부 시절에 북핵 위기가 발생해 미국에서 제한적 북폭 이야기가 나왔을 때 노 전 대통령은 한국의 동의 없는 공격을 있어서도 안 되고 있을 수도 없다고 거듭 강조했다는 것이다. 노 전 대통령 같으면 천안함의 원인 조사에 사심 없이 객관적이고도 과학적인 조사를 지시하며 상황을 파탄으로 몰고 가면 안 된다는 정책 기조를 누누이 주장했을 것이라며 이명박 대통령과 달랐을 것이라고 덧붙였다. 공격을 예방하고 일어나지 않게 하는 조치가 중요한데 그렇지 못했다는 점, 서해평화지대를 남북 간에 합의했는데 부정해 버린 이명박 정부의 문제점도 되짚었다.

그렇다고 문재인이 참여정부를 무조건 두둔하거나 지지한 것은 아니다. 성공과 실패의 평가가 엇갈리는 참여정부를 국정 운영을 한 사람으로서 비판할 줄도 알았다. 좀 서둘렀기 때문일까, 아니면 옳다는 오만한 마음이 강해서였을까, 문재인은 국민의 다양한 의견을 충분히 소통하지 못했다고 반성했다. 사실 현실적인 조건을 따져서 가능한 부분만 하려고 했다면 개혁은 거의 못했을 것이라고, 열악한 언론 환경이나 완강한 기득권층이 주어진 환경인데 그 속에서 일하기 위해서는 참여정부의 역량을 강화하는 수밖에 없었다고 변호하기도 했다.

문재인은 참여정부나 이명박 정부 모두 다양한 의견을 개진하지 못한 점을 문제로 꼽았다. 참여정부의 일등공신으로 다양성을 수용하지 못한 점이 한계를 가져왔다는 것을 인정하기란 쉽지 않았을 텐데도 문제점을 직시하고 반성하며 더 나은 방향을 모색했다.

다르다는 것, 포용하라

문화 다양성이 강조되고 있는 시대다. 사람들은 일상생활의 의미를 발견하며 창조해 내는 삶의 중심적 영역을 문화에서 찾고자 한다. 정치도 문화의 한 부분이다. 그런데 날이 가면 갈수록 사람들은 정치 혐오증에 빠져 있다. 이유는 하나다. 국민의 다양한 의견이나 시각을 참고하지 않기 때문이다. 그래서 국민은 이 시대의 새 얼굴 문재인에게 기대하고 있다. 적어도 이들은 지금까지와는 다른 정치를 보여 주겠지, 다양한 국민의 의견을 개진하겠지, 바라고 바란다.

현재 박근혜 정부와 참여정부의 공통된 한계를 다양한 의견을 수용하지 못한 자세로 지적한 문재인을 응원하는 국민이 많아졌다. 박근혜 정부나 참여정부의 한계를 알고 있는 문재인은 지금보다 더 다양한 의견을 듣고 실천할 것이라고 기대한다. 다양성을 인정, 수용하고 발전의 지표로 삼고자 하는 모습이 국민에게 신뢰감을 준 것이다.

내 주위의 사람을 다르다라고 인정하지 못했던 오만함에서 벗어날 수 있는 여유, 나와 다른 네가 진정으로 원하는 것이 무엇인가를 찾을 줄 아는 지혜. 다양성을 포용할 때 가능하다.

정치를 즐기는 장이 마련되고 때때로 저항과 투쟁할 수 있는 사회, 개인이나 집단의 창조성을 보장되기를 바라는가. 다양한 의견을 듣고 다양한 시각을 가지라. 지금까지 그리하지 못했다면 반성하라. 성찰이 끝났다면 앞으로 다양성을 포용하는 사람으로 변화하라.

15 참소통으로 인간관계의 빗장을 풀어라

그저 내가 더 잘 들어주기만 해도 사람들은 내게 더 많은 이야기를 하고 싶어 한다는 사실을
깨달았다. 사람들이 마음을 열수록 나는 그들에게 깊이 공감했다. 나는 가슴으로 그들의 이야기를
들었고 그들도 마음을 터놓고 내게 이야기했다. 그 시간 속에서 나는 진정 사람을 아끼고
사람의 이야기에 귀 기울이는 법을 발견했다.
_대니얼 고틀립

"보스가 좋아할 것인지 싫어할 것인지

에 대해 끊임없이 걱정하는 것만큼 조직을 빨리 퇴보시키는 것은

없다."

세계적인 기업 도요타의 창업자인 도요타 기이치로가 남긴 말이
다. 이를 실천하기라도 하듯 문재인은 노 전 대통령 앞에서 주눅이
들지 않고 자신의 생각을 드러내기로 유명했다.

노무현 정부 100일에 이르렀을 무렵, 많은 정계 인사가 문재인을
'해결사'라고 지칭했다. 다른 수석비서관과 보좌관보다 적극적이고
거침없이 자신의 생각을 이야기하는 문재인의 태도가 만들어 낸 별

칭이었다. 수석비서관과 보좌관 회의를 참관한 적이 있는 청와대의 한 관계자는 "노 전 대통령은 토론을 중시하는 수평적 리더십을 가진 분이었다. 하지만 수석비서관이나 보좌관 회의 초반에 관료 출신 수석이나 보좌관들은 입을 꾹 다물고 대통령의 말을 경청하기만 했다. 그런데 문 수석은 달랐다. 어떤 사안에 대해서도 자신 있게 자기 생각을 이야기했다. 대통령과 회의하면서 자신의 주장을 여과 없이 내놓는 문 수석이 토론 문화에 익숙하지 않은 이들의 눈에는 이상하게 보였을 수도 있다"라고 설명했다.

국정 현안에 대해 대통령과 토론하면서도 분명하게 자신의 목소리를 냈던 문재인. 이런 비서관에게 힘과 권한을 주는 것은 당연한 일이다. 문 수석이 노무현 정권 초기에 특히 두드러질 수 있었던 이유는 기존과 달라진 청와대의 토론 문화를 누구보다 잘 받아들였고 참소통의 자리로 만들어갔기 때문이다.

기존과 달라진 청와대 안에서 문재인은 이정호 시민사회수석, 이호철 국정 상황 실장과 더불어 부산·경남 인맥을 대표했다. 윤태영 연설기획비서관과 같은 핵심 참모도 문재인을 친형처럼 잘 따랐다. 소통하는 것, 그 하나의 면모로 많은 사람과 친근해진 것이다. 청와대 관계자는 "지금은 문 수석이 현안을 독점해 풀어 가는 면이 없지 않아 있다. 하지만 시간이 지나 모두가 노 전 대통령식의 토론 문화에 익숙해지면 다른 수석과 보좌관들도 좀 더 활발하게 의견을 내놓을 것이다"라는 말도 덧붙였다. 이처럼 문재인은 청와대 안에서 '바른 소통법'의 본보기를 보이며 현안을 현명하게 풀어 나갔다.

대통령 앞에서는 거침없이 자신의 의견을 이야기했지만 다른 업무 스타일은 정반대였다. 참여정부 시절 그는 '왕수석'이라고 불리면서도 청와대에서 근무하는 모든 직원의 말을 경청했다. 그들 앞에서 자신의 주장을 강하게 내세우기보다 다양한 의견을 듣고 상황을 명확하게 정리해 냈다.

최고 지도자의 자리에 앉은 노 전 대통령 앞에서는 자신이 옳다고 생각했던 바를 강하게 이야기할 줄 알고, 그 외 사람들의 이야기는 충분히 경청할 줄 아는 자세. 이것이 문재인이 사람들과 소통하는 방법이었다. 눈치 보지 않고 말할 줄 알고 다양한 의견을 듣기 위해 입을 다물고 귀를 열 줄 알았던 사람. 문재인의 참소통법은 위력을 발휘했다. 수많은 인연에게 신뢰를 주고 사람들과 돈독한 관계를 맺게 했다. 문재인을 어려워하거나 달갑게 여기지 않았던 사람들도 서서히 마음의 빗장을 풀었다.

내 편을 만드는 경청

문재인의 경우처럼 일과 삶에 있어 모든 인간관계의 해답은 얼마나 잘 소통하느냐에 달렸다. 그리하여 수많은 지도자는 유효적절한 소통법을 찾아 주위의 모든 벗을 이해하는 자신만의 공식을 마련했다. 대표적으로 A. G. 래프리의 경우를 들 수 있다. 별로 유명하지 않던 래프리가 세계적인 생활용품 회사 P&G의 최고 경영자가 되자 많은 사람이 그를 비방했다.

그는 '시스템과 정보보다 더 중요한 것은 들을 줄 아는 자세'라며 타인과의 대화 시간 3분의 2를 '듣는 소통법'으로 활용하여 많은 사람을 자기편으로 만들었다. "나는 회사 구내식당, 강당, 어디에서든 직원들과 이야기한다. 이때 늘 3분의 2 원칙을 지킨다. 주어진 대화 시간의 3분의 2를 듣고 나머지 시간은 그 질문에 대답하는 데 썼다."라며 말하고 질문하기보다는 듣는 데 더 많은 시간을 들였던 래프리는 2000년 CEO로 임명된 후 회사의 수익을 3배나 증가시키는 업적을 이뤘다. 자생적 수익 성장, 현금 흐름, 회사의 주당 평균 이익을 12퍼센트 증가시킬 수 있었던 이유는 혁신을 부르짖은 그의 경영 이념을 따라 준 직원들 덕분이었고, 직원들이 그의 편이 돼 준

까닭은 3분의 2 원칙으로 참소통을 했기 때문이었다.

전혀 관계가 없어 보이는 문재인과 A. G. 래프리의 공통점은 무엇일까. 참소통으로 인간관계를 넓혔다는 것이다. 정치와 경제계의 큰 인물인 그들이 겪는 어려움이나 우리가 일상생활과 직장 생활, 사회생활을 하면서 부닥치는 힘든 일이 얼마나 다르랴. 가장 어렵고 힘든 점이 '인간관계 잘 맺기'요, 그러기 위해서 어떻게 소통해야 하나 고민한다. 살아가면서 만나는 다양한 관계를 통해 많은 것을 얻는 만큼, 그로 인한 소통의 문제와 갈등으로 마음의 병을 앓기도 한다. 누구보다 다수의 자기편이 있어야 큰일을 해낼 수 있는 문재인이나 A. G. 래프리와 같은 인물은 근본적인 소통법을 아는 것이 우선이다. 묵묵히 듣기만 하기 대신 '자신의 주장을 내세울 때는 확실히, 그전에 충분히 경청하기'를 올바른 토론 문화를 주도하라. 그래야 인간관계가 풍성해지고 무엇보다 진정한 내 편이 생긴다.

나보다 너를 이해하는 마음, 소통

언젠가 더불어 사는 세상이라도 분노할 줄 알아야 한다는 한 청년의 주장을 듣고 문재인은 "분노가 정의로 갈 수도 있고, 분노가 바꾸기 위한 하나의 실천으로 갈 수도 있는데, 분노를 통해서 우리가 어떻게 나가야 한다는 부분에 대한 생각이 없는 것 같아서 아쉽네요"라고 말했다. 분노도 세상과 대화를 나누는 한 가지 방법일 수 있다. 하지만 분노로만 끝난다면 타인을 이해하지 못한 것이나 다름없다. 이는 진정한 소통을 막는 장애물이 된다.

이와 관련해 세계적인 리더십 전문가 존 맥스웰은 소통법을 위한 여섯 가지 단어를 제시한 바 있다. 이에는 '타인을 이해하는 마음'을 관점으로 한 가장 중요한 덕목이 드러나 있다. 바로 '나'가 아닌 '당신'을 '더 잘 이해하고 싶은 마음'이다.

가장 덜 중요한 단어: I 나

가장 중요한 단어: We 우리

가장 중요한 두 단어: Thank you. 고맙습니다.

가장 중요한 세 단어: All is forgiven. 모두 용서했습니다.

가장 중요한 네 단어: What is your opinion?

　　　　　　　　당신의 의견은 어떻습니까?

가장 중요한 다섯 단어: You did a good job. 잘하셨습니다.

가장 중요한 여섯 단어: I want to understand you better.

당신을 더 잘 이해하고 싶습니다.

다양한 통신 수단이 생겨나고 언제 어디에서든 원하는 사람과 이야기를 나눌 수 있는 시대가 되었다. 그럼에도 정작 누군가와 대화가 통하지 않는다는 느낌을 받는 까닭은 말로 하는 소통에 한계가 있기 때문이다. 그러면 답답한 마음에 분노하게 되고, 분노는 갈등을 일으킨다. 또한 결국 타인보다는 나의 감정을 더 내세우게 되어 상대방의 마음을 닫히게 한다. 타인과 나 모두가 단단히 마음의 빗장을 건다면, 과연 참소통을 할 수 있을까. 단언하건대, 할 수 없다. 가능하다고 해도 오랜 시간이 걸릴 것이다.

내 앞의 귀한 인연, 나를 일으키고 살아가게 만드는 세상의 말을 마음으로 들어야 한다. 다 듣고 나서는 마음으로 말하라. 강력하게 자신의 주장을 내세워야 한다면 진심 어린 마음으로 설득하라. 자신의 마음을 바로 들여다보고 제대로 부리며 다양한 사람들과 소통할 줄 알았던 문재인처럼.

16 진실을 말하고 실천하는 지식인이 되라

인간은 누구나. 더욱이 진정한 지식인은 본질적으로 자유인인 까닭에 자신의 삶을 스스로 선택하고 그 결정에 대해서 책임이 있을 뿐만 아니라 자신이 존재하는 사회에 대해서도 책임이 있다. _리영희

우리 시대 '사상의 은사' 리영희 선생은 노무현 전 대통령이 사회에 눈을 뜨는 데 결정적인 역할을 했다고 전해지고 있다. 리영희 선생이 세상을 뜬 후, 문재인은 신촌 연세 세브란스 병원의 빈소에 찾아갔다. 그리고 리영희 선생의 부인 윤영자 씨에게 "선생은 노 전 대통령의 정신적 스승이었다"라고 말했다.

문재인은 노 전 대통령은 리영희 선생에게 사상을 배웠다고 전했다. 노 전 대통령이 평범한 변호사 생활을 할 때 '부일 사건'을 통해 사회의식을 가졌으며 피고인을 변호하면서 리영희 선생의 《우상과 이성》,《전환 시대의 논리》 등을 다 읽으셨는데 그것이 노 전 대통

령을 의식화했으므로 리영희 선생은 노 전 대통령에게 정신적 스승이라는 것이다.

리영희 선생은 참여정부 기간에 진실과화해위원회 자문위원을 맡아 과거사 정리 작업을 하는 데 많은 격려를 북돋았다. 돌아가시기 전까지 노무현재단의 고문을 맡아 몸이 불편한 데도 도움을 주셨다. 이처럼 참여정부를 많이 응원한 리영희 선생은 노 전 대통령에 이어 이제 문재인에게도 절대적인 영향을 주고 있다. 문재인은 리영희 선생을 통해 이 세상을 어떻게 봐야 하는지 배웠다고 말했다. 세상을 바라보는 시각, 지식인으로서 세상을 어떻게 살아야 하는지, 참된 지식인의 자세를 깨닫게 되었다고 했다. 리영희 선생은 문재인에게 큰 사표였다.

지식인의 본분을 알려준 두 별

2010년, 이 시대의 가장 양심적인 두 지식인이 떠났다. 1월 강연여행 중에 숨을 거둔 미국의 역사가 하워드 진과 12월에 떠난 한국의 언론인이자 학자였던 리영희가 그들이다. 두 인물은 서로 매우 멀리 떨어진 지역에서 각자 주어진 사회 현실에 대응하며 살았으나 신기하다 싶을 정도로 정신적인 경향이나 세계 인식, 삶의 자세가 흡사했다. 동시대인이기에 그러한 공통성을 보였겠지만, 더 큰 이유는 기본적으로 지식인의 본분에 충실한 삶을 살았기 때문이다.

미국이라는 패권 국가를 비판한 지식인 하워드 진. 미국의 압도적인 영향을 받아 온 동아시아 분단국가의 가난한 지식인 리영희. 그들의 지적이거나 실천적인 삶의 구체적인 내용을 살펴보면 차이가 많이 난다. 하지만 그것은 표면적인 차이일 뿐이다. 되돌아보면 두 지식인은 압력과 역경에도 불구하고 오랫동안 축적, 전승된 인류의 보편적인 가치를 보존하고 널리 알리기 위해 일관된 노력을 역력히 보였다.

이쯤에서 생각해 보자. 어떤 이를 지식인이라고 하고 어떤 면모를 가져야 진정한 지식인이라고 하는가. 보편적인 인간 가치에 충성하는 사람을 지식인이라고 한다. 인간과 사회 구석구석 모든 면면에 두루 미치거나 통하는 보편성은 '진실'을 외면하고는 성립되지 않으며 오로지 그것을 지향할 때만 갖출 수 있다. 그러므로 가능한 한 철저히 진실을 밝히는 데 온 힘을 쏟는 것이 지식인의 일차적인 과업이라고 할 수 있다. 당연히 이것은 쉬운 일이 아니다. 그러나 지식인이 이를 내버리고 돌아보지 않는다면, 건강한 공동체를 기대하기 어렵다. 나아가 지식인 자신의 삶도 피폐하고 허망해진다. 지식인의 정의, 지식인의 면모를 상기할 때 비로소 우리는 하워드 진이나 리영희가 얼마나 위대한 지식인이었나 깨닫게 된다.

《미국민중사》의 저자로 한국에도 널리 알려져 있는 하워드 진은 뉴욕 빈민가의 유대인 이민 가정에서 태어나 자랐다. 책이나 잡지 한 권 구경할 수 없었던 가난한 집에서 그는 문학을 좋아하는 소년으로 성장했다. 그리고 청년기에는 제2차 세계대전에 전투기 조종사로 참전해 유럽 전선에서 복무했다. 전쟁이 끝나고 하워드 진은 미국으로 돌아와 대학에서 역사와 정치학을 공부했다. 학위를 받은 다음에는 다시 유럽으로 건너가 전쟁 중에 자신이 네이팜 외 폭탄을 투하했던 지역을 찾아가 보았다. 그때 그는 미군 당국이 발표했던 것과 달리 네이팜탄 투하로 수많은 민간인이 희생당했다는 사실을 알고 큰 충격을 받았다. 그리고 전쟁이 끝날 무렵, 많은 사람이 모여 있는 도시에 무자비한 공습이 자행된 이유가 전쟁에서 승리하기 위해서가 아니었고 군부 지휘관들이 개인적으로 출세하기 위해서였음도 알게 된다. 진실을 호도하는 것이었다. 무고하게 인명을 학살하고 정부와 군부는 언제나 '불가피한 사고'라거나 '부수적 손상'이라는 용어를 태연히 쓴다는 사실을 안 순간, 국가에 대한 그의 믿음은 산산조각이 나고 만다.

그 후, 하워드 진은 평생 평화와 민주주의를 지키고 보호하고자 노력하며 살아간다. 1960년대부터 흑인 사회를 중심으로 시작된 민권운동이나 여성이나 소수자를 위한 인권운동을 하며 사회정의를 실현하고자 온갖 다양한 운동을 하기에 이른다. 특히 베트남전쟁 반대 운동을 하면서 최전선에 서서 미국이 얼마나 큰 전쟁 범죄를 저지르고 있는지 끊임없이 알리고 규탄한다.

하워드 진은 베트남전쟁이 진행되는 동안에 정부가 무력을 가하는데도 직접 하노이를 방문해 현장을 확인한 후, 《철병(撤兵)의 논리》라는 책을 써서 미군이 베트남에서 물러나야 하는 이유를 역설했다. 하워드 진은 베트남전쟁이 미국의 침략 행위에 불과하고 그는 정당성을 인정받을 수 없다고 여겼다. 미국 정부는 민주주의를 옹호하기 위해서 불가피하게 행한 전쟁이었다지만 그 논리는 패권주의적인 지배를 은폐하기 위한 정당화에 불과하다는 것이다. 이처럼 하워드 진은 더는 미국이 베트남에 개입해서는 안 되며 무조건 철수해야 한다고 소리 높여, 공개적으로, 설득력 있게 발표한 최초의 미국인이었다.

하워드 진과 같은 주장을 리영희 선생도 했다. 리영희 선생이 집필한 《전환시대의 논리》를 보면, 베트남전쟁의 부도덕성과 제국주의적인 전쟁의 성격, 미국 내 반전운동 등이 잘 나타나 있다. 결국 초강대국 미국일지라도 결코 이길 수 없는 전쟁이라는 점도 짚었다.

리영희 선생과 하워드 진은 실천하는 지식인이었다. 동서고금을 막론하고 지식인이라는 소리를 듣는 위인은 많았으나 실천하는 지식인은 드물었다. 특히 한국 사회에는 무력하고 비굴한 지식인이 대다수였다. 반면에 리영희 선생은 국내 최대의 언론사 기자와 대학교수를 역임해 순탄한 삶을 영위할 수 있으면서도 목숨을 걸고 박정희 독재 정권의 금기를 깨뜨리며 자신의 정론을 펼쳐 가감 없이 비판했던 독보적인 지식인이었다.

국가의 전쟁 수행을 규탄했다고 해서 감옥에는 가지 않았던 하워드 진과 달리 리영희는 몇 차례 수감돼야 했다. 하지만 리영희 선생은 자신이 알려야 한다고 여긴 진실을 사회적 시선이 무섭다는 이유로 가슴속에 묻어 두는 것으로 그치지는 않았다. 지금도 지식인 대부분이 언급하기 조심스러워하는 사회주의의 장점을 이미 1970년에 북한을 예로 들어가며 이야기할 정도로 추구하는 진실을 드러냈다. 또한 중국을 예로 들어 사회주의의 좋은 점과 긍정적인 측면을 부각하기도 했다. 사회주의의 장점, 독재 정권의 비판, 베트남전쟁의 폭력성 등 어느 하나 함부로 언급할 수 없는 금기의 주장이었는데도 용기 있게 발언한 리영희 선생의 면모는 수많은 지식인에게 본보기가 됐다.

리영희나 하워드 진은 추상적인 이데올로기를 내세운 지식인이 아니었다. 베트남전쟁의 진실을 밝히기 위해 외신 기자였던 리영희가 끈질기게 매달린 것은 냉전 시대가 가져오는 사상적 빈곤에서 벗어나기 위한 필사적인 고투였다. 그 영향이 한국에까지 미쳐 그 후 우리 사회는 정신적으로 조금은 성숙해질 수 있었다.

리영희는 자주 "상식이 통하고, 최소한의 도덕성이 통하는 사회가 되었으면 한다"라고 말했다. 자신이 원하는 사회가 '자본주의'로 불리거나 '인간적인 사회주의'로 불리기를 바랐다. 하워드 진도 마찬가지였다. 그는 자신이 사회주의를 받드는 사람이라고 말했으나 그가 믿는 사회주의란 '소련에 의해 그 이름이 오염되기 이전의' 사회주의였다. '좀 더 친절하고, 좀 더 부드러운 사회'였다.

리영희와 하워드 진. 두 지식인은 마지막 순간 비슷한 발언을 했다. 리영희는 거의 최후의 공식 인터뷰에서 자신이 "평생 가진 관심은 '진실'이었다며 진실을 밝히기 위해 언제나 주어진 여건에 최선을 다했다고 생각하므로 후회는 없다"고 고백했다. 하워드 진도 자신이 "힘없는 사람들에게 희망을 준 사람으로 기억되기를 바란다"라는 말을 남겼다.

진실을 자유롭게 실천하라

문재인은 대학 시절 《전환시대의 논리》가 나오기 전에 이미 리영희 선생이 '베트남전쟁'에 대해 쓴 논문을 잡지에서 읽었다고 했다. 그때 처음 접한 리영희 선생의 논문은 가히 충격적이었다고 전했다. 그도 그럴 것이 초강대국 미국에 대해 신랄하게 비판했고, 결국 약자로 보이는 베트남에 이길 수 없을 것이라고 단호하게 판단했으니 불의가 판치고 마치 옳지 않은 것이 옳다고 포장되던 1970~1980년대 한국 사회 속에 놓인 학생운동권 문재인에게는 신선한 자극이었을 게 틀림없다. 리영희 선생의 주장은 미국은 마치 정의요, 진실이라서 그와 맞서는 상대는 무조건 적이고 악으로 여기는 우리 사회, 나아가 전 세계의 허위의식을 깨주는 이야기였다.

문재인은 남북으로 갈라져 전쟁을 치르던 베트남전쟁에서 남베트남이 패하고 지금의 베트남으로 통일된 후 리영희 선생이 《창작과비평》 잡지에 실린 베트남전쟁을 마무리하는 논문 3부까지, 총 1～3부를 보며 감탄한다. 논리나 전개가 처음부터 끝까지 군더더기 없이 한결같아 마치 예언문을 읽는 듯했다는 것이다. 리영희 선생의 글을 통해서나마 진실이 승리했음을 확인하면서 문재인도 희열을 느꼈다고 말했다.

어느 쪽이 진실인지 알면서도 진실을 밝히지 않는 지식인이 많다. 나라 안팎의 위태로운 상황을 외면하고 소극적인 자세로 일관하는 이들은 양심을 저버리고 있다. 인류 전체가 합심하지 않으면 도저히 해결책이 보이지 않는 치명적인 문제에 직면한 현실을 바로 보라. 지식인이라면, 지식인의 대열에 들고 싶다면, 적어도 자신의 안위만 돌보며 미꾸라지처럼 빠져나가서는 안 된다.

무엇이 진실인가. 단지 선거에 의해 집권했다는 정당성을 가진 국가권력이 시민의 목소리를 아주 간단히 무시하고 국가기구를 사적인 이익 추구 수단으로 삼는 게 진실인가? 연평도 사건을 기억할 것이다. 지난 20년간 구축한 남북 간의 화해와 협력, 평화 구조를 어쩌면 이리도 무능하고 무책임하게 관리하지 못했는가. 이것이 진실인가?

진실처럼 왜곡된 이런 악한 상황 속에서 수많은 사람이 상심하고 좌절하며 우울증에 시달리고 있다. 그동안 이를 갈고 피를 흘리며 쟁취한 민주주의인데 이토록 허망하게 무너지려고 하는지 분노와 슬픔을 내보인다. 시민이 이토록 원통해하고 있다는 것 자체만 보더라도 민주주의는 심각할 정도로 병들어 있다.

실천하지 않는 지식은 별다른 쓸모가 없다. 이론만 펼쳐 놓고 뚜렷한 해답이나 실천책도 내놓지 않고 말만 앞서는 지식인은 지식인이라는 호칭을 부여받을 자격이 없다. 자신을 지식인이라고 명명하고 말만 번지르르하게 내놓는 수많은 인사. 지식인이 올라타는 버스에 무임승차하려는 얕은 술수만 부리는 그들은 먼저 리영희 선생이나 하워드 진과 같은 실천력부터 배워야 한다.

실천하는 지식인 리영희 선생의 면모를 본받고 온 힘을 다해 민주주의를 얻기 위해 진실이 왜곡된 사회와 맞선 문재인. 그는 오래전부터 알고 있었다. 우리 모두가 인간답게 살기 위해서 가장 필요한 것은 민주주의이고 그보다 더 소중한 가치는 없다는 것을. 그것을 알고 있는 지식인이라면 정직하고 용기 있는 발언을 해야 한다는 것도. 그래서 그 누구보다 리영희 선생을 존경하고 본받았던 것이다.

물론 지식인에게 반드시 진실을 말해야 한다는 책무가 있는 것은 아니다. 다만 하나의 개인으로서 지식인이 정당하게 지식인이라는 명칭을 부여받고 싶다면, 무임승차한 지식인이나 미꾸라지 같은 지식인이 되고 싶지 않다면, 항상 진실로 향하고 진실을 말하며 진실을 실천할 줄 알라. 지식인온 노예가 아니라 자유인이어야 한다. 사회적 굴레, 허위의 노예제에서 벗어나 자유로운 지식인이 되라.

17 좌우로 흔들리지 않는 가치관을 세워라

눈길을 걸어갈 때 어지럽게 걷지 마라. 오늘 내가 걸어간 길이
훗날 다른 사람의 이정표가 될 것이다.
_백범 김구

"당신은 이제 운명에서 **해방됐지만** 나
는 당신이 남긴 숙제에서 꼼짝하지 못하게 됐다."

세간에 말이 많았던 《문재인의 운명》 마지막 문장에 대해 문재인
은 단지 끝마무리를 멋지게 하려고 쓴 것이라고 했다. 하지만 이 말
에는 수많은 의미가 내포되어 있다. 노 전 대통령이 퇴임 후에 하고
싶어 했던 진보적 민주주의의 연구와 담론을 계승 발전시키겠다는
마음이 담겨 있다.

문재인은 진보주의자다. "민주주의는 좋다. 나는 다른 제도들이
더 나빠서 그렇게 말한다"라고 했던 인도의 정치가 네루처럼 민주

주의가 월등해서라기보다 오늘날의 보수주의가 바르지 않다고 여기기에 진보를 택했다. 그는 민정수석을 지내면서 사람을 뽑으려고 했을 때 상류사회, 주류라고 하는 사람 중에 군대를 다녀오지 않은 사람이 많아 놀랐다고 했다. 신정한 보수는 헌신과 봉사, 자기희생을 하는 것이 아닌가 생각했다는 것이다. 공적인 의무를 충실히 이행하고 솔선수범해야 하는데 돈, 권력의 힘으로 지켜야 할 도리를 요리조리 피하고 지도자가 되겠다고 한다면 국민이 승복할 리 없을 것이라고 전했다.

처음부터 그랬고 지금도 그의 발걸음은 진보적 민주주의로 향해 있다. 이상이 높아 실현하기가 쉽지 않았지만 한 번도 흔들린 적 없었다. 대학 시절, 청년기, 노 전 대통령이 살아 있었을 때부터 지금까지 변치 않고 진보적 민주주의의 길을 가고 있는 것을 보면 그는 굳건한 가치관을 지닌 사람이다.

개혁과 법치주의, 문재인식 가치관

언젠가 문재인은 참여정부 시절에 개혁되었고 자리 잡았던 법치주의에 대해 말한 바 있다. 그는 "법치주의란 사람이 지배하는 것이 아니라 법이 지배하는 것을 뜻한다. 과거에는 왕이 지배했기 때문에 재판하고 처벌하며 세금을 부과하는 것 등이 왕의 폭력 수단을 기반으로 이뤄진 일이 많았다. 점차 민주주의가 발전하면서 이런 사례가 사라지고 법률에 근거해 행정이나 사법이 제 역할을 해나가게 되었다. 법치주의의 기본 목적은 국민의 자유와 권리를 보장하는 것이다. 현대의 보수란 자유주의에 근거를 두고 있고 진보는 평등과 자유를 함께 주장한다. 제대로 된 보수주의자라면 개인의 자유를 최고의 가치로 두어야 한다. 신앙과도 같아야 한다"라며 법치주의에 대한 견해를 정리했다.

현대 법치주의는 형식적인 법치주의에서 실질적인 법치주의로, 인간의 존엄성과 가치를 존중하는 사회적 법치주의로 발전하고 있다. 이에 따라 국가는 자유를 보장하는 것을 넘어서 자유를 위한 계획을 실행하는 것이다. 문재인은 "노 전 대통령께서는 퇴임 후에 민주주의에 대해 여러 번 말씀하셨다. 왜 새삼 민주주의냐. 이미 민주주의에 대한 많은 연구가 있었는데도 말이다. 실질적, 삼화적 법치주의의 연구이면서 진보주의가 내포된 것으로 보는 것이었다. 노 전 대통령은 진보적 민주주의를 생각하신 것이다"라고 설명했다.

알다시피 참여정부는 광범위한 법치주의 개혁을 했다. 대표적인 것이 '권위주의 타파'다. 참여정부 이전까지 제왕과 같았던 대통령을 중심으로 움직였던 검찰, 국정원, 국세청, 경찰 등이 권위에 지배되지 않는 방향을 모색했다. 문재인은 참여정부를 믿었다. 아니 노 전 대통령을 신뢰했다는 말이 옳을 것이다. 덕분에 공권력을 행사하는 데 있어서 국민의 자유와 인권을 얼마나 존중하느냐는 것이 민주화의 수준을 가늠할 수 있게 한다는 노 전 대통령의 뜻이 문재인의 가치관을 더욱 굳건하게 했다.

답습해 온 퇴행적인 정치 문화를 참여정부가 단숨에 타파했다는 것은 누구나 인정하는 사실이다. 꿈틀대며 권위주의에서 벗어나려고 움직였던 참여정부를 기억할 것이다. 참여정부는 초대 법무부장관으로 강금실을 선출했다. 법무부의 문민화를 이루기 위해서였다. 정보기관의 정치 참여도 금지했다. 국정원장과 기무사령관의 독대를 없애 보고는 하되 항상 두세 명의 배석자가 있도록 했다. 독대를 하게 되면 나쁜 의도가 없다 해도 보고를 받고 판단한다고 결정할 때 한쪽에 치우쳐서 판단할 위험이 있었기 때문이었다. 국세청의 세무조사도 조세 목적을 넘어서서 정치적 목적으로 이용한 적은 단 한 번도 없었다. 참여정부는 로스쿨도 총 정원 50퍼센트를 지방대학에

할애될 수 있도록 했다. 제주에는 법학부가 없는데도 적은 인원이지만 배정했다.

참여정부의 가장 중요한 과제는 법치주의를 넘어서 이념적, 정책적 대화와 타협을 이루는 것이었다. 예를 들어 수도권과 지방, 지역 간 서로 적대적인 관계를 넘어서 대화와 타협으로 국민 통합이 되기를 희망했다. 안타깝게도 다른 부분은 굉장한 개혁을 했지만 대화와 타협은 이루지 못했다. 그래서 참여정부는 구시대를 청산하는 일에 머물고 말았다는 비난도 많이 받고 있다.

'우리나라의 지속적인 발전을 위해서, 여당이 독점하고 있는 정치권력을 야당과 나누자'는 뜻의 대연합정부(대연정)를 제안하면서 문재인은 '선거제도를 개혁할 수 있다면 대연정도 할 수 있다'라고 여겼다. 선거제도의 개혁은 대연정의 목적이었던 셈이다.

여전히 문재인의 가치관은 개혁과 법치주의다. 좌우로 흔들리지 않았으며 앞으로도 쭉 이 길을 고집할 게 분명하다. 굉장히 취약한 한국의 법치주의를 바라보며 회복이 필요하다고 느끼기에 시민이 연대하고 힘이 되었으면 하고 바란다. 이 가치관이 흔들리지 않는다면 그는 언젠가 원하는 목표 지점으로 올라가리라 기대한다. 아직은 성공했다고 말할 수 없는 개혁과 법치주의의 신화를 이루기 위해 그는 멈추지 않을 것이다.

고집스런 가치관, 신화를 이루는 성공 포인트

누구나 성공을 꿈꾼다. 하지만 성공했다는 말을 듣는 사람은 보통 사람들에 비해 몇 갑절의 노력과 열정을 발휘해야 한다. 가능하지 않을 것 같은 일에 피와 땀을 투자하는 신념은 어디에서 시작되는가. 어떠한 경우에도 흔들리지 않는 가치관에서 비롯된다.

㈜안랩(AhnLab Inc.)의 안철수 대표는 언젠가 외국의 유명 업체가 백신 프로그램 V3 기술 인수의 대가로 1천 달러를 주겠다고 제의했을 때 한국 시장을 지켜야 한다며 거절했다. 어려운 선택을 해야 하는 상황에 맞닥뜨렸을 때, 돈과 명예는 멀리한다는 게 그의 지론이자 가치관이었기 때문이다. 초등학교 졸업이라는 학력으로 검정고시를 거쳐 서울대학교 교수, 교육부장관까지 된 이명현 전 교육부장관은 연애를 하면 공부에 방해가 된다는 생각에 마흔넷이 돼서야 결혼을 하는 고집을 부렸다. '세상에 공짜는 없다'라는 생각에 곁눈질하지 않고 자신이 이루고 싶은 꿈을 향해 나아갔다.

세계 심장의학계에 일대 혁신을 일으키며 전 세계의 주목을 받은 중앙병원 흉부외과 송명근 박사는 수술 현장에서 실수를 하는 후배에게 폭력과 욕설, 상식을 넘어서는 행동을 보인다. 수술할 때는 왼손도 자유자재로 쓸 수 있어야 한다며 후배들에게 왼손으로 식사를 하게 하고 밤마다 방석을 꿰매는 연습을 시킬 정도로 지독한 트레이너였다. '실수는 용납할 수 없다'라는 가치관으로 의학계의 최고 자리에 올랐기에 그의 지독한 고집은 그 누구도 꺾을 수 없었다.

　실력과 능력만으로 동양 최초의 동시통역사가 된 최정화. 그녀는 "언어에서 가장 중요한 것은 하고 싶은 말을 하고 상대방이 질문하는 것에 대답할 수 있어야 한다. 상대방이 질문하는 것에 대답할 수 있으면 언어의 할 일은 끝이다"라고 설명했다. 무엇보다 적극적인 마음가짐, 틀리더라도 부닥쳐 보면서 우리의 의식을 성장시키는 게 중요하다고 했다. 2009년 그녀는 국제적인 일을 하다 보니 자연스럽게 '내가 국가에 또 다른 보탬이 될 수 있을까?'라는 생각을 가지게 됐다. 아직도 외국인에게는 생소한 한국의 이미지를 알리기 위해 이미지 커뮤니케이션을 창단하고 이를 더욱 심화시켜 코리아 CQ라는 프로그램을 탄생시켰다. 한국의 긍정적인 부분을 국내 오피니언 리더들에게 가르치기 위해서였다. 그래야 우리나라를 제대로 알게 되어 국제적 위상을 한 단계 업그레이드시킬 수 있다는 취지와 가치관으로 이뤄 낸 일이다.

독보적인 리더십을 보인 김강자(현 한남대학교 경찰행정학과 교수)는 1988년 여경 사상 처음으로 총경으로 승진해 첫 여성 경찰서장이 됐다. 서울 종암 경찰서장 시절 미아리 집장촌을 대대적으로 단속하며 '성매매와의 전쟁'을 펼쳐 화제가 되기도 했다. 그녀는 여자로 태어나 멋지고 당당하게 꿈을 펼칠 수 있는 방법이 무엇일까 생각하다가 경찰이 되었다고 밝힌 바 있다. 자신을 부단히 단련하고 강인한 직업 정신으로 무장한 그녀는 여성 인력이 많지 않은 경찰 조직 속에서 차근차근 주목받는 인물로 성장했다. 많은 사람의 억울한 사연을 해결해 주겠다는 뚝심과 근성, 갑갑한 세상을 시원하게 만들겠다는 목표, 잘못된 것은 바로잡아야 한다는 가치관이 지금의 그녀를 만들었다. 그녀로 인해 여성의 자리가 극히 적었던 한국 경찰계에 최초의 여성경감이 선출되고 여자 형사기동대가 창설되는 등 여경의 업무 영역이 넓어졌다.

1960년대 국내 애니메이션 업계에 뛰어든 애니메이터 신능균(넬슨 신)은 "2류 애니메이터가 되기 싫다"라며 미국으로 유학을 떠났다. 그때 그의 나이 서른다섯이었다. 1986년 최초의 극장판 애니메이션인 〈트랜스포머 더 무비〉의 공동 제작과 총감독을 맡았고 〈심 슨가족〉〈핑크팬더〉〈타이니툰〉 등이 그의 손으로 만들어졌다. 그 후 애니메이션 프로듀서 등을 거치며 수차례 에미상을 수상한다. 그 의 성공 신화는 흥미진진하다. 미국인 열 명이 한 달 동안 일할 것 을 혼자 일주일 만에 그려 냈다고 한다. 신능균의 능수능란한 솜씨 를 본 애니메이션 감독들은 그를 찾아 댔고 그렇게 8년을 일하니 어 느새 감독이 되었다. 프로듀서와 연출로 2,500여 편의 애니메이션 에 관여했고, 조지 루카스는 네 번이나 사람을 보내 "함께 일하자" 라고 제의하기도 했다. 1979년에는 한국 최초로 주문자상표부착생 산(OEM) 방식으로 미국 애니메이션을 한국에서 제작했다. 그에게 성공 비결을 물으면 한마디로 답한다. "열심히 일했을 뿐이다"라고. 남보다 몇 배 부지런히 살자는 가치관으로 오전 2시 전에 잔 적이 없고, 7시 이후에 일어난 적이 없다고 했다.

코리아나는 화장품 업계에 늦게 참여한 후발 기업인데 '화장품 업계의 신화'다. 유상옥 회장은 동아제약 상무와 라미화장품 사장을 역임한 후 기업인으로서는 다소 늦은 감이 있는 1988년 코리아나 화장품을 창업했다. 그는 55세 때 창업을 결심하고 동사무소에서 서류 떼는 일부터 시작했다며, 적자 기업이었던 라미화장품 대표이사를 맡아 회사를 키운 축적된 경험이 큰 힘이 되었다고 말했다. 그는 경영학도는 인간미를 잃을 수도 있기에 감성과 밸런스를 맞추는 노력이 필요하다는 가치관으로 살아왔다. "감성을 키우라는 선배의 충고에 따라 국립중앙박물관 특별 강좌를 들었다. 그리고 화장품 사업을 하면서 외국에 나갈 일이 많았는데 그때 갤러리처럼 꾸며진 미국 엘리자베스 아덴사와 에스티로더 사 회장실의 그림과 조각, 독일 웰라, 일본 시세이도의 화장박물관을 보면서 심미안이 필요하다는 것을 절감했다. 진정한 의미의 선진국은 경제적 풍요에만 있지 않고 우리 사회 곳곳에 복합 문화 공간을 만들어 꿈을 키워 주는 일이다"라고 말하며 가치관을 담은 또 다른 꿈 '문화 사업'을 차근차근 실현해 나가는 중이다.

이처럼 우리가 잘 알고 있는 대기업 CEO, 정치 인사, 해외의 위인 등이 아니더라도 여러 분야에서 자신만의 가치관을 성공의 포인트로 삼은 인물은 무수히 많다. 그들의 이야기를 들으며 우리는 행운이 따랐다고 생각한다. '나는 열심히 해도 되지 않아'라고 쉽게 포기하며 세상을 원망하고 환경을 탓한다. '지금 시작하기엔 너무 늦었어'라며 숫자에 불과한 나이를 부담스러워한다.

꿋꿋한 가치관을 세운다면 문제될 것이 없다. 포기하지 않게 될 것이다. 자신을 흔드는 온갖 유혹을 뿌리치는 힘이 생긴다. 지금 가고 있는 길을 믿고 언젠가는 원하는 목표를 이룰 것이라는 희망을 품게 된다. 설사 이상이 높고 답답하다는 비난을 받을지라도 나만의 가치관을 지니고 가고자 하는 길로 향하라. 반드시 성공 신화의 주인공이 될 것이다.

18 소명을 가지고 목적을 달성하라

행복해지고 성공하고 싶을 때 현재를 사는 법을 배워야 한다. 과거보다 나은 현재를 원할 때
과거에서 배움을 얻어야 한다. 현재보다 나은 미래를 원할 때 미래를 위한 계획을 세워야 한다.
우리가 소명을 가지고 일을 하고 살아갈 때, 그리고 바로 지금 중요한 것에 집중하고 몰두할 때,
우리는 더 잘 이끌고 관리하고 지원하고 친구가 되고 사랑할 수 있다.
_스펜스 존슨

"허위 사실로 노무현 전 대통령의 명예를
훼손한 조현오 경찰청장을 즉각 소환 조사하라."

2010년 12월 20일. 한 해가 저물어 가는 끝자락에 그는 피켓을
들었다. '사람사는세상 노무현재단' 상임이사이자 전 청와대 비서실
장 문재인의 외침, 그는 1인 시위를 하고 있었다. 노무현 정부 시절,
청와대 민정수석과 비서실장을 보낸 문재인. '권부의 실세'였던 그
는 왜 홀로 항쟁하게 되었을까.

조현오가 경찰청장이 되기 전 경찰관들을 대상으로 한 강연에서
한 발언이 문제였다.

"노무현 전 대통령이 스스로 목숨을 끊은 이유는 전날 거액의 차

명 계좌가 발견됐기 때문"이라는 그의 말에 노 전 대통령 유족은 2010년 8월, 조 청장을 죽은 사람에 대한 명예훼손 및 허위 사실에 대한 명예훼손으로 검찰에 고소 고발했다. 그러나 시일이 지나도 조현오 검찰청장은 어떤 소환 조사도 받지 않았다. 문재인은 이 사태가 '기본적인 법 제도조차 실종돼 버린 대한민국의 현실'이라는 생각에 매우 분개했다.

전직 대통령 비서실장이 검찰청 앞에서 1인 시위를 벌이기는 문재인이 처음이다. 전직 대통령 비서실장으로서도 처음이지만 문재인 스스로도 직접 1인 시위에 나선 것이 생애 처음이었다.

문재인은 1인 시위를 하기 전에 서울중앙지방검찰청을 찾았다. 그때 그는 신경식 1차장검사를 만나 "이후에도 제대로 수사가 이루어지지 않는다면 검찰의 부당한 직무 유기를 규탄하고 항의하는 행동을 보여 줄 수밖에 없다.

전직 대통령의 죽음을 터무니없는 말로 능멸하고 모욕해서 유족들이 형사 고소를 한 것인데 넉 달이 지나도록 피고소인 소환 조사조차 하지 않는다는 게 있을 수 있는 일인가?"라며 자신의 의사를 밝혔다. 그러나 1인 시위를 예고했음에도 검찰청의 태도는 달라지지 않았다.

1인 시위를 하며 문재인은 '집회 신고도 받아 주지 않고 면담도 해 주지 않으니 내가 할 수 있는 일은 이 일밖에 없다. 검찰은 말로만 조사를 하고 있다고 한다. 검찰로서는 경찰청장을 소환 조사한 적이 없어서 부담스럽다는 입장일 것이다. 하지만 전직 대통령도 소환 조사한 마당에 무엇이 부담인가' 하는 생각이 들었을 것이다. 문재인은 검찰이 노무현 전 대통령 유족의 고소 사건을 제대로 수사하지 않은 이유를 두 가지로 분석했다. 하나는 검찰이 정권의 눈치를 보고 있어서고, 또 하나는 검찰이 경찰청장을 법 밖의 특권 존재로 생각하기 때문이라는 것.

　　문재인은 "전직 대통령 유족을 예우하는 것까지는 기대하지 않는다. 일반 고소 사건처럼이라도 처리해야 하는 것 아닌가?"라며 날카로운 지적을 던졌다. 이어 "조현오 청장은 언론에 공언한 것처럼 봉하마을을 방문하거나 진심 어린 사과의 뜻을 밝힌 적도 없다. 자기 말이 사실인지 아닌지는 제대로 보이지 않으면서 '송구스럽다'는 말만 되풀이하는 수준이었다"라는 말로 조 청장의 태도를 꼬집어 비꼬기도 했다.

　　문재인은 조현오 청장이 사과하겠다고 말한 것도 소환 조사를 늦추기 위한 여론몰이로 여겼다. 그는 매우 강경하게 이제는 조 청장이 사과해서 용서받을 수 있는 시간은 지났으며 사과도 필요 없다고 했다.

소명은 희망이자 사랑

2010년. 참으로 많은 일이 일어났다. 조현오 경찰청장의 발언은 빙산의 일각이었다. 무엇 하나 말끔하게 정리되거나 마무리된 것이 없이 이명박 정권의 1년이 지나갔다. 정치판의 허무맹랑한 국정과 몰상식한 처사를 지켜보며 국민은 답답해했다. 비판의 목소리는 날로 더했다.

현란하고 난해한 시국, 노무현 전 대통령의 서거 1주기를 맞이했다. 살아생전 굳게 다졌던 소명을 공허한 한숨으로 끝내야 했던 불운의 대통령. 하고자 하는 일을 절반도 이루지 못했는데 온갖 비판과 모함을 견뎌 내야 했던 지도자. 문재인은 아직도 그를 보낼 수 없었다. 보내도 이대로는 안 된다고 생각했다. 노 전 대통령의 소명에 먹칠을 하는 이들에게 책임을 묻는 것이 그와 함께 희망을 품고 꿈을 키웠던 문재인 자신의 몫이라고 생각했다.

문재인은 떠올렸다. 노 전 대통령과 함께 소명을 같이 했던 시간을. 노 전 대통령의 소명이 문재인의 소명이었고, 문재인의 뜻이 곧 노 전 대통령의 뜻이었던 그때. 무엇보다 세간에 '신귀영 간첩단 사건'이라고 알려진 비극을 잊을 수 없었다.

1980년 2월 하순경 외항 선원이었던 신귀영 씨 일가족은 부산경찰국 대공분실 수사관들에 의해 강제 연행, 구속됐다. 혐의는 "재일동포에게 돈을 받고 국가 기밀을 넘겼다"는 것이었다. 당시 신귀영 씨 가족은 경찰이 가한 물고문과 전기고문, 무차별적인 구타를 견디다 못해 간첩 혐의를 인정했다. 국가보안법과 반공법 혐의가 적용되어 이들은 1981년 6월 대법원에서 신귀영 씨와 신 씨의 사촌 여동생 남편인 서성칠 씨는 징역 15년, 신 씨의 당숙 신춘석 씨는 징역 10년, 신 씨의 친형인 신복영 씨는 징역 3년에 집행유예 5년이 확정됐다. 고 서성칠 씨는 1990년 옥중에서 세상을 떠났고 친형인 고 신복영 씨도 고문 후유증에 시달리다가 2000년에 사망했다. 정권 안보를 위한 국가 공권력의 만행이 부산 기장에서 평화롭게 살던 일가족을 풍비박산 낸 것이다.

1994년 만기 출소한 신귀영 씨에게 천주교 인권위원회가 따스한 손길을 건넸다. 이들의 억울한 사연을 들은 천주교 인권위원회는 당시 부산·경남지역 시국 사건을 전담하다시피 했던 문재인 변호사를 소개했다. 그때 노무현은 재야 정치인으로 활동하고 있었다. 문재인은 판결문과 대책위원회가 조사한 자료를 훑어보고 이 사건이 조작됐음을 직감했다. 그런 사건의 재심 청구가 받아들여진다는 것이 불가능한 시기였지만 재심 성공 사례를 만들어야 다른 억울한 이들에게도 희망의 길이 열릴 것이라고 생각한 그는 기어이 사건을 맡았다.

문재인은 재심 사유를 다르게 해 재차 재심을 청구했고 새로운 재심 사유를 얻기 위해 국가를 상대로 손해배상 소송을 제기했다. 이때 과거 간첩 사건 재판 때 간첩 행위를 목격했다고 증언했던 증인을 소환해, 그 증언이 고문을 견디다 못해 한 위증이었다는 실토를 받았다. 이를 근거로 1999년 7월에 2차 재심 청구를 했고 부산지방법원은 재심 개시 결정을 내렸으나 부산고등법원이 검찰의 항고를 받아들여 재심 개시 결정을 취소했다.

드디어 참여정부가 들어섰다. 2005년 국회에서 여야 합의하에 '진실과 화해를 위한 과거사' 특별법이 제정되고 과거사 위원회가 발족했다. 그리고 국가공권력에 의해 피해를 본 사건에 대한 조사가 시작됐다. 참여정부에 들어 경찰청이 자체적으로 구성한 과거사위원회에서도 여러 사건의 관련 기록을 찾아내 국가 권력의 불법을 확인하게 된다.

문재인에 이어 노 전 대통령은 보수 세력의 강한 반발에도 불구하고 과거사위원회 설립을 추진한 것은 국가가 저지른 불법 행위를 사과하는 것에 그치지 않고 피해자들의 아픔을 적극적으로 안으려 했다. 2009년 8월 법원은 가해 형사의 고문 조작 증언과 증거 불충분을 근거로 무죄 판결을 내렸고 신귀영 씨 일가는 억울한 누명을 벗게 됐다. 문재인 변호사의 의지와 과거사위원회 조사관들의 성실한 활동이 빛을 발하는 순간이었다.

재판부로부터 진심 어린 사과와 "피고인 대한민국 정부는 원고들에게 손해배상금을 지급하라"는 판결을 받도록 도운 문재인과 노무현에게 고문 후유증으로 옥사한 고 서성칠 씨를 대신해 가장이 된 서성실 씨는 눈시울을 붉히며 "대법원도 기각한 사건을 재심 청구할 기회를 준 건 참여정부에서 제정한 특별법 덕분이다. 노무현, 문재인 두 분이 우리에게 유일한 희망이었다"라고 말했다.

꿈을 이루기 위한 대응, 소명

미국 최초의 흑인 대통령인 버락 오바마는 "저의 마음에는 마틴 루터 킹 박사, 존 오이스 의원, 링컨 대통령 같은 우상을 포함해 수많은 정치 영웅이 있다. 이 지도자들은 상상 속에 존재하지만 깊은 영감을 주고 자신들을 바라보고 연구하는 우리에게 희망과 목적이라는 관념 그리고 참여해야 할 이유를 주었다"라고 말했다. 롤모델과 소명 의식이 없었다면 그는 꿈을 이룰 수 없었을지도 모른다.

우리는 어떤가. 마음속에 권력 의지가 아닌 진정한 소명 의식이 있는가. 목적한 바를 이루기 위해 끈질기게 매달리게 할 뜻이 있는가. 운명이 있는가. 군사 독재 시대로 거슬러 갔다가 용산 참사 현장에 발길이 머물렀을 때 애통해했는가. 하루아침에 길거리로 내몰린 쌍용자동차 노동자들의 고통과 마주 섰을 때 내 아픔처럼 감싸고 싶었는가. 일부 언론과 검찰이 권력의 시녀 역할을 하는 모습을 바라보면서 국민으로서 자신이 어떤 소명 의식을 다져야 할지 반성한 적이 있는가. 되돌아보자. 소명 의식을 갖기란 쉽지 않다. 가지고 있다 한들 그 뜻을 꺾지 않고 밀어붙이기는 더더욱 어렵다. 소명을 가지고 목적을 이루고 싶지만 도무지 주위 사람들과 말이 통하지 않는다고 이유로, 맞서야 할 상대가 자신보다 더 크고 높은 위치에 있다는 이유로, 한두 번 뜻이 관철되지 않아 의지가 약해졌다는 이유로 쉽게 포기하는 우리다.

문재인처럼 걸어야 한다. 걷다가 장애물을 만나면 비켜 가기보다 맞대응하거나 물리칠 줄 알아야 한다. 그에게는 분명한 소명 의식이 있다. 그것으로 목적하는 바를 달성하는 것이 그의 꿈이다. 그 소명 의식은 마치 운명처럼 노 전 대통령에게서 빚어졌고 지금은 문재인이 일구고 있다. 마틴 루터 킹을 비롯한 수많은 정치 우상으로부터 목적과 관념을 얻은 버락 오바마처럼 문재인은 노 전 대통령에게 꿈을 이룰 수 있는 소명 의식을 물려받았다. 문재인은 물러설 수 없었다. 오직 목적한 꿈을 이루는 길만이 노 전 대통령이 남긴 과제를 푸는 길이라고 생각했기 때문이다.

쉽게 용서해서는 안 된다. 용서할 수 없는 우리의 역사와 정치, 권력의 불법을 금세 잊은 채 아무렇지 않게 아무 일도 없었다는 듯이 흘러갈 수만은 없는 일이다. 덮어 둘 일과 그렇지 않은 일은 응당 구분을 지어야 하고 진실을 밝히는 것이 당연하다. 그래서 또 문재인은 물러설 수 없었다.

무엇보다 노 전 대통령의 죽음을 헛되이 하고 싶지 않았다. 그래서 함께 소명을 가지고 희망과 꿈, 더 나은 미래와 사랑을 찾았던 그 시절의 결심을 지키고자 했다. 문재인은 노 전 대통령이 채 이루지 못했던 민주주의의 꿈을 이루기 위해 지금도 계속 꿋꿋하게 걷고 있다. 자신에게 소명 의식을 심어 준 노 전 대통령, 그와의 약속을 지키는 그 순간까지 물러서지 않고 걷고자 한다.

19 욕심을 채우는 일보다 정의를 먼저 생각하라

조국을 위하여 무엇을 할 것인가, 민족을 위하여 무엇을 할 것인가,
이것이 나의 희망이요 목표다.
_마하트마 간디

　　　　　　　2011년 4월 30일, 문재인이 공무원 노동
자 앞에서 마이크를 잡았다. 전국공무원노동조합 경남지역본부
김해시 지부가 세계노동절을 앞둔 29일 오후 김해시청 대회의실
에서 '명사초청 강연회'를 열었는데, 그를 초대했다. 그 자리에서
문재인은 "참여정부에서도 공무원노동운동으로 징계를 많이 당
하고 형사처분이 되었는데, 그런 상황을 지켜보면서 가슴이 아팠
다"라고 말했다. 덧붙여 "이명박 정부 들어 더 어려운 상황이 된
것 같다"라면서 현 정부의 잘못을 꼬집는 것도 잊지 않았다.

　그는 "앞으로 공무원 노조에 가입할 수 있는 대상의 직급을 확대
하고, 단체교섭권의 대상 역시 넓혀나가는 조치가 필요하다"라고

했다. 공무원 노조의 특별법 반대에 대해서도 언급했다. "그동안 노동기본권이 보장되지 않았기 때문에 당연히 해야 한다고 보았는데, 혜택을 보는 공무원 노동자 측에서 반대했다"라고 회상했다.

문재인의 측면에서 볼 때, 참여정부 때 공무원 노조 특별법을 만드는 것은 쉽지 않은 일이었다. 불과 몇 해 전만 해도 공무원은 노동자가 아니고 국민 전체의 봉사자이므로 노조를 만들면 안 된다는 지론이 강했다. 말도 안 되는 의식이었지만 먹혀들던 때였다. 기업이나 경영계, 보수 세력이 반대하는데도 입법을 추진했던 것이다. 그런데 노동계와 공무원 노조도 노동삼권 전체가 보장돼야 한다며 단체행동권이 보장되지 않는 특별법은 받아들일 수 없다고 했다. 결국, 공무원 노조는 법외노조로 남게 됐고, 문재인은 "법외노조로 있다가 이명박 정부에 들어서 설립 신고를 하니 돌려보냈다"라며 아쉬움을 비쳤다. 여전히 전국공무원노동조합은 불법 노조다.

문재인은 참여정부와 노동계의 유대에 대해서도 짚었다. 주5일제 법안이 만들어질 때 노동계가 미흡하다, 느리다 등의 이유로 극렬하게 반대했다. 아마도 참여정부는 노동에 대해 호의적이었기 때문에 좀 더 밀어붙여 많은 것을 바꿔야 한다고 판단했던 것 같다고 했다. 하지만 밀어붙이면 정부와 노동계의 유대가 오히려 깨진다는 게 문재인의 생각이었다.

이 강연에서 문재인은 화물연대, 학습지 교사, 골프장 캐디, 보험 영업직 등 특수고용노동자에 대해서도 이야기했다. 그들을 독립된 사업자라고 하지만 들여다보면 종속돼 자기 노동을 제공하며 수익을 얻어 생활하므로 일반 노동자와 똑같은 기본권을 주진 못해도 단체라도 만들어 사용자와 교섭하며 4대 보험의 혜택을 받도록 하는 게 필요하다고 주장했다. 이 건에 대해서도 "참여정부가 보호법을 만들어 입법 예고를 했더니 당시 노동계는 반대했다. 일반 노동자와 똑같이 허용하라는 것이었고 혜택을 보는 쪽에서 거부했다"라고 설명했다.

문재인의 말에 따르면, 참여정부는 행정 혁신을 누차 강조했다. 그러나 그것은 공무원이 개혁과 혁신의 대상이 되는 게 아니라 주체가 되어야 비로소 가능하다. 공무원이 대상이 되면 행정 개혁은 이뤄질 수 없다. 일방통행 행정에 대한 견제도 노동조합에서 해야 한다. 단체장의 인사권이라든지, 예산의 전횡도 하지 못하게 막아야 한다. 그러면서 고리원자력발전소 1호기를 언급했다.

고리1호기는 30년이 다 됐지만 10년 연장을 해서 사용하고 있다. 수명 연장을 하자는 것은 참여정부 때 결정한 것인데, 문재인은 "안

전성이 제대로 점검이 되지 않아서 걱정된다"라고 우려의 낯빛을 보였다.

문재인은 "연장을 결정한 쪽에서는 안전하다고 홍보하고 있고 그 것은 전문가들이 판단했다고 알리지만 과연 그게 전부일까 의문스 럽다"라고 했다. 그렇다. 행정이 정책을 결정을 하는 데 유리한 정 보만 국민에게 줄 수도 있다. 정보의 좋은 면만 부각하고 조작하지 는 않았는지 의심해 볼 일이다. 시민 단체가 나서서 가동 연장 결정 자료를 한 번 보자고 해도 응답하지 않고 있으니 정말 안전한지 알 수 없다. 문재인은 "행정 당국의 정보에 대해 가장 근접하게 알 수 있는 사람들이 공무원이다. 공무원 개인이 하기는 어려워도 노동조 합이라면 그런 건을 국민에게 알리고 공개하는 역할을 할 수 있다" 면서 안타까워했다.

세상을 향한 지독한 관심, 정의를 위해

지금껏 살면서 자신의 안위나 이득을 챙기는 방법조차 몰랐던 문 재인. 오로지 민주주의를 실현하기 위해 학생운동을 했고, 참여정부 때는 세상 곳곳에 자리한 약자의 고통, 분노, 아픔을 보듬으려고 애썼다. 약자의 표본인 노동자에게 힘을 싣기 위해 여러 모로 뛰었다. 참여정부 시절이 지나고 난 후에도 무엇이 사회 정의를 실현하는 데 저해 요소가 되었는지 되짚고 반성했다.

문재인은 세상만사에 관심이 많다. 그래야 숨어 있는 약자를 발견하고 그들에게 가장 필요한 것이 무엇인지 찾아낼 수 있어서다. 사실 부정에 관련된 사람은 사회적 강자이거나 상급자일 가능성이 높다. 어떤 식으로든 혜택을 잘 받고 있는 사람일 것이다. 약한 개인이 그런 사람의 비리를 목격했다고 해서 외부에 폭로하기란 쉽지 않다. 문재인은 그들에게 용기를 심어 주고 싶었다. 혼자 하기는 어렵지만 힘을 모으면 할 수 있다고 여겼다. 그래서 노동조합이 필요하다고 강조하고, 누군가 부정을 고발할 때 편을 들어 외로운 싸움을 하지 않게 하자는 것이 그의 뜻이었다. 이리저리 세상을 살폈던 이유는 오로지 사회 정의 실현과 약자 보호를 위해서였다.

욕심을 버릴 때 보이는 정의

인도 독립 운동의 정신적 지도자이자, 금세기 마지막 성자로 불리는 마하트마 간디는 비폭력으로 조국의 독립을 이뤄 냈다. 자신을 보호할 무기나 경호원도 없이 평화의 힘을 보여 준 정의로운 위인이다. 간디 외에 생소한 위인 중에도 자신의 안위나 욕심을 채우는 일에 급급하지 않고 정의를 위해 싸운 인물이 참으로 많다.

노예의 신분으로 미국 곳곳을 돌아다니며 노예제와 인종 차별을 반대하는 연설을 한 소저너 트루스, 인종 차별에 반대하는 평화 행진 운동을 벌이기도 한 마틴 루터 킹 목사, 전쟁터에서 아군과 적군을 가리지 않고 다친 사람들을 돌본 클라라 바턴. 클라라 바턴은 일흔 살이 넘어서까지 재난 지역을 직접 다니며 간호 활동을 펼쳤다. 생명을 구하는 일이야말로 그 어떤 일보다 값지고 정의로운 일임을 몸소 보여 주었다.

나치스로부터 유대인을 구한 코리 텐 붐. 그녀는 유대인을 숨겨 주었다는 이유로 가족 모두와 체포되어 제2차 세계대전이 끝날 때까지 독일의 라벤스브뤼크이라는 수용소에서 비참한 생활을 한다. 훗날 《피난처》라는 책을 펴내 죄 없는 사람들을 구하고자 애썼다. 지네타 세이건 역시 유대인과 파시스트당 세력 300명을 스위스로 탈출시키는 위험한 일을 한 열여덟 살의 소녀였다. '파키스탄의 간디' 정치가 압둘 가파르 칸은 민족운동을 전개해 독립운동과 민족통일을 지도한 위인이다. 군사 정부에 평화적으로 맞선 대주교 오스카 로메로나 투치 족을 마구잡이로 죽이는 후투 족에 맞서 사람들의 목숨을 구한 폴 루세사바기나도 있다.

정의를 위해 싸운 인물로 1991년 노벨평화상을 수상한 미얀마의 아웅 산 수 치도 있다. 1988년 영국에서 귀국해 반독재 시위에 참가했고, 민주화운동을 주도한 여성이다. 그러나 군사정변이 일어나 가택 연금되었다. 이에 아랑곳하지 않고 투쟁을 계속해 총선거에서 압승을 거두었다. '아프가니스탄 여성 혁명 위원회' 모임을 만들어 여성의 인권을 보호하기 위해 힘쓴 미나 게시와르 카말도 빼놓을 수 없다. 재난 속에서 생명을 구한 소방관 윌리엄 피한, 미국이 이라크를 침공했을 때 이라크 전쟁 희생자를 도운 말라 루지카는 맨몸으로 위기에 처한 사람들을 도운 정의로운 위인이었다.

이 위인들이 아무 대가도 없이 정의를 위해 싸울 수 있었던 까닭은 무엇일까. 욕심을 버렸기 때문이다. 국민을 정치적 수단으로 생각하지 않고 오로지 약자 보호와 사회 정의만 생각했다.

문재인도 마찬가지다. 강연을 마친 문재인에게 한 공무원이 "고노 전 대통령이 절대 정치하지 말라고 말씀하셨다는데, 앞으로 정치를 정말 안 할 것이냐?"라고 질문했다. 그가 실현하고자 하는 일은 정치적인 색깔이 강하고 밀접하게 연관이 되어 있다. 그러니 정치계에 입문해 본격적으로 뜻을 펼친다한들 어떠랴. 약은 사람이라면 자신의 안위를 위해서 그쪽이 더 현명한 선택일지 모른다. 하지만 문재인은 야심이 없었다. "퇴임 이후 '정치하지 마라'는 말씀을 나한테 하신 것은 아니고, 주변에 말씀하신 적은 있다. 그것은 절대 하지 말라는 얘기가 아니라 정치에 대한 나름대로 소회를 말씀하신 것이었다. 정치를 통해 이루려고 한 것이 있었고, 실제 이루기 위해 노력도 하고, 성과도 있었는데, 퇴임하고 정권이 바뀌니까 그런 성과가 도로 아미타불로 되돌아가 버리고, 당신의 성과 노력에 대해 제대로 평가받지 못하고, 비난 받고 하는 것에 대해서 조금은 허무한 생각을 가지게 된 것이다." 이렇게 답변했지만 속내에는 정치를 하게 되면 욕심을 버리기가 참으로 힘들고, 순수하게 약자만을 위해 싸울 수 없을지도 모른다는 생각이 숨겨져 있었을 것이다.

문재인은 겸손하게 진정한 정치의식에 대해 말하며 자신을 낮췄다. 정치라는 것이 대의를 위해 자기 자신의 이익은 손해를 보면서 나아가야 하는데, 그런 강한 의지가 없으면 정치를 할 수 없다고 했다. 어찌 보면 시민운동이나 사회운동도 정치고, 노무현재단을 통해 노 전 대통령의 정신과 가치를 확산해 나가는 것도 정치라고 여기기에 문재인은 굳이 자신이 정치를 하는 것은 맞지 않다고 생각한다는 입장을 밝혔다.

하지만 시민운동과 사회운동을 하며 노 전 대통령이 이루고자 했던 꿈을 실현하기 위해 노력할 문재인이기에, 어떤 사람이 정치를 해야 하는지, 정치를 하면 욕심을 버리기가 얼마나 어려운지 아는 이이기에 믿어 본다. 지금까지 그래왔듯 다른 누구보다 노동자와 소수자 같은 사회적 약자를 위해 싸우는 정치인이 될 것이라고.

20 빠른 한 걸음보다 깊이 있는 발자국을 남겨라

명성을 쌓으려면 20년이 걸리지만 단 5분이면 허물어진다.
이 사실을 생각하면 당신은 조금 다르게 행동할 것이다.
_워런 버핏

기업 경영에서 진정성 마케팅이 뜨고 있다. 진정성 마케팅은 가공하지 않은 자연 그대로의 투박함(자연성)과 자사 제품의 오랜 역사나 사상 최초라는 점(독창성)을 강조한다. 제품의 공급 속도를 늦추거나 이질성을 가져와 고객에게 차별성을 전달(특별함)하며 특정인에 대한 경의, 특별한 장소나 시간을 부각(연관성)한다.

마지막으로 대의명분과 의미를 홍보하거나 문화예술과 결합(영향력)한다. 의심할지 모르겠으나 진정성으로 고객의 마음을 얻을 수 있다. 예를 들어보자.

두 명의 남녀 주인공이 서로 사랑한다는 것을 확인하고 행복한 시간을 누릴 때 돌연 찾아오는 암초가 있다. 오해. 연애 드라마에 꼭 등장하는 플롯이다. 남자가 다른 이성과 대화를 나누거나 포옹하는 장면을 우연히 본 여자는 충격에 사로잡힌다. 시청자는 억울한 오해를 산 남자의 처지를 안타까워하며 둘의 관계가 회복되기를 간절히 바란다.

별의별 우여곡절을 겪고 나서 여자는 가까운 친구의 결정적인 한마디나 작은 단서 하나로 남자의 진심을 확인한다. 여자는 남자에게 달려가고 드라마는 해피엔딩으로 마무리된다.

이처럼 오해나 실수로 변심한 연인을 돌아서게 하는 힘, 진정성이다. 사람의 마음은 진심 앞에서 무너진다. 이런 점을 마케팅에 응용한 것이 진정성 마케팅이다.

스마트폰을 비롯한 IT 기술의 발전으로 소비자는 전지전능해졌다. 최첨단 소비자로 진화한 이들은 더는 교묘한 마케팅에 낚이지 않는다. 그런데 아이러니하게도 똑똑하고 까다로운 고객일수록 끊임없이 진정성을 원한다. 왜일까. 부정직한 제품, 가식적인 서비스, 인위적이고 허위적인 마케팅이 판을 치고 있기 때문이다. 과장과 허위로 판매에 급급했던 구시대적인 발상을 벗고 한 번 신뢰를 얻어 오랫동안 기억되게 하는 마케팅 방법.

빠른 한 걸음보다 깊이 있는 발자국을 남기는 시도가 기업 경영에도 확산되고 있다.

신뢰를 주는 리더의 조건, 진정성

존 맥스웰이《리더십 21가지 법칙》에서 말한 것처럼 사람들은 신뢰할 수 있는 리더를 원한다. 거짓과 가짜가 많은 이 세상을 변화시킬 수 있는 리더는 능력, 인간관계, 성품을 갖춰야 한다. 능력이 부족해서 저지른 실수야 용서해 줄 수 있다. 완성된 리더가 아니라 성장단계에 있으니 너그럽게 넘어갈 수 있는 일이다. 그러나 성품에 결함이 있다면 애기는 달라진다. 진정성이 결핍된 성품은 신뢰를 얻을 수 없다. 사람들은 리더가 정직한 마음으로 실수했을 때는 관용을 베풀지만, 그 믿음을 배신하면 다시는 신뢰하지 않는다.

문재인이 수석으로 내정된 직후 부산 지역의 친노·반노 인사 대부분은 "능력이나 성품 면에서 흠잡을 때 없는 인물"이라는 평가를 내렸다. 반대 진영 인물에게도 존경과 신뢰를 받았다. 그리고 지금, 노 전 대통령이 없는데도 문재인은 정치계의 '다크호스'로 부상했다. 주목할 점은 문재인 당사자는 정치 활동에 대해 매우 신중하나 그를 지지하는 사람들은 참으로 열성적이라는 것이다. 젊은 문화예술인들이 중심이 돼 '문재인의 운명, 북콘서트를 강행'한 것이 대표적인 사례다. 이처럼 '문재인 마니아층'이 형성된 까닭은 무엇일까. 2011년 7월 30일, 서울 이화여고 콘서트홀의 북콘서트에 모인 지지자들은 "배신당하지 않을 것 같다" "진중하다"라고 말했다.

이 자리에서 2년 전부터 '문재인 대망론'을 주장한 《딴지일보》 김어준 총수는 정치권에 대해 느끼는 결핍감이 문재인에 대한 지지층을 만든다고 강조했다. 그는 현재 정치 권력이 "사사롭고 거짓말하며 약속을 지키지 않는다. 이런 결핍을 메울 요소의 합집합이 문재인이다"라고 주장했다. 특히 '사사롭지 않음'과 '거짓말을 하지 않는 점', 즉 진정성을 문재인의 장점으로 부각했다. 덧붙여 그는 요즘 국민이 정치권에 대해 느끼는 심정을 "마음 기댈 사람이 없어서 외롭다"라고 비유했다.

탁현민 성공회대학교 교수는 "권력에 대한 의지가 강한 사람이 아닌 의로운 사람이 대통령을 해야 하는 것 아니냐"라고 말해서 관객의 박수를 받기도 했다.

이렇듯 문재인은 대중에게 진정성 있는 인물, 신뢰감을 주는 사람으로 알려졌다. 권력과 거짓은 멀리 제쳐두고 정의로움과 진정성을 바탕으로 살아왔기에 가능한 일이었다. 앞서 말한 신뢰할 수 있는 리더의 자질을 문재인은 명확히 가지고 있었다.

기성 정치인에 대해 환멸을 느낀 사람들이 문재인을 지지한다. 진정성과 진중함이 보이지 않는 정치권에 새바람을 일으켜 주길 고대하는 것이다. 북콘서트에 참여한 민주당, 국민참여당 등의 젊은 정치인도 그의 진정성과 진중함을 높이 평가했다. 한 인사는 "진정성과 신뢰를 줄 수 없는 정치권에 갈증을 느낀다"라며 그가 출마한다면 당적에 상관없이 지지하겠다고 했다.

한편 이날도 문재인은 정치 행보에 대해 말을 아꼈다. 행사 진행자들이나 사인을 받기 위해 줄을 선 시민들도 그에게 강하게 출마를 권했다. 50대의 한 시민은 "현 정권에 대해 실망했다. 말로만 국민을 위하는 기성 정치인에 환멸을 느낀다. 나뿐만 아니라 국민 대부분이 마음을 줄 사람을 찾아 두리번거리고 있다"라고 했다. "문재인이라면 기대를 충족해 주지 않을까 싶어 관심 있게 지켜보는 중이다"라고도 덧붙였다. 이처럼 사람들은 문재인을 떠오르는 리더가 되어 주길 기대하고 있다.

진정성과 리더십은 항상 함께한다. 미국 상공회의소 회장 앤서니

해리건은 "진정성 어린 성품은 국가의 흥망성쇠에 있어 결정적인 요소였다. 미국도 이 역사의 법칙에서 예외일 수 없다. 미국이 존재하는 것은 미국이 머리가 좋고 지적이기 때문이 아니라 바라건대 내적으로 더 강하기 때문이다. 한마디로 진정성을 담은 성품이야말로 한 국가를 해체와 붕괴로 이끄는 외적인 힘에 대한 유일한 방어벽이다"라고 말했다. 즉, 진정성으로 무장한 성품이 신뢰를 낳고 신뢰는 리더십을 견고하게 한다. 그것이 리더십의 법칙이다.

사람들이 한 리더를 따른다는 의미는 그들이 리더와 함께 여행하기를 원한다는 것과 같다. 여행이 성공하느냐 실패하느냐는 리더의 진정성만 보고도 예측 가능하다. 진정성을 갖춘 리더와 여행하면 길어질수록 더 좋다. 그러나 진정성에 결함이 있으면 여행이 길어질수록 매우 힘겹다. 왜 그럴까. 그 누구도 믿을 수 없는 리더와 함께 시간 보내기를 좋아하지 않기 때문이다.

문재인은 지금껏 진실한 자세로 살아왔다. 그리하여 성품이 훌륭하다는 평가도 들었고, 명성도 얻었다. 덕분에 인간 문재인에서 시작해 리더 문재인으로까지 국민의 신뢰를 얻었다. 그의 진정성은 사람들의 마음을 움직였고 미래에 대해 희망을 품게 했다. 이제 사람들은 그와 함께 여행하기를 원한다.

그의 발에 기대를 싣다

우리에게 장 프랑수아 밀레는 '이발소 화가'로 유명하다. 그림 포스터를 걸어놓는 게 유행이었던 1970년대 시골 이발소에 가면 종종 밀레의 그림을 볼 수 있었기 때문이다. 그만큼 시골 사람들은 '서양화가'로 밀레를 떠올리곤 한다. 그때 그 시절 농촌에는 미술관도 없었고 서양의 미술작품을 책으로 보기도 어려웠을 테니 밀레밖에 아는 서양화가가 없었다고 해도 과언이 아닐 것이다.

요즘은 벽 중앙에 나지막하게 그림을 걸지만, 예전에는 지붕 밑 처마에 거는 현판처럼 천장 가까이에 그림을 붙였다. 이발소에서 반쯤 누워 편안히 이발사에게 머리를 맡긴 농부의 눈에 들어왔을 밀레의 그림은 참으로 따스하게 느껴졌으리라.

밀레의 그림이 미술을 처음 접한 시골 사람들에게 감동을 줄 수 있었던 이유는 친근한 농촌을 배경으로 하고 있어서다. 아주 낯선 서양의 모습을 담은 게 아니라 우리가 사는 곳, 우리의 이웃을 떠올리게 만든다. 밀레 역시 농부의 아들로 태어나 누구보다 농사일을 잘 알고 있었다. 그래서 농부가 일하는 모습을 평범하면서도 진실하게 그려냈다. 그 진정성이 전달되는 순간, 우리의 마음은 온화하게 가라앉는다. 밀레의 그림은 화려하지는 않지만 온 마음에 스며드는 깊이가 있다.

마음속에 하루 빨리 부와 명성을 얻고 싶은 욕망으로 가득 찬 정치인은 깊이 있는 발자국을 내지 못한다. 빨리 가야 목적을 이룰 수 있다는 생각에 앞만 보고 가기에 바쁘다. 목적을 이루기 위해서 수단과 방법을 가리지 않는다. 그러나 부디 기억하라. 빠른 한 걸음보다 깊이 있는 발자국이 더 오래 남는다는 것을. 대중은 화려한 그림보다 친근하고 소박한 진정성에 마음을 빼앗긴다는 사실을.

한 번 찍힌 발걸음은 쉽게 지워지지 않는다. 명성을 쌓기 위해서 빨리 가는 것보다 그 발에 얼마나 깊은 진정성을 싣느냐가 더 중요하다.

과연 문재인은 밀레의 그림처럼 진정성 어린 정치를 할 수 있을까. 부와 명성을 쌓기에만 급급한 여느 정치인과 달리 깊이 있는 진정성을 남길 수 있을까. 지금까지의 문재인의 모습이 퇴색되지 않게 더욱 멋진 리더로 우리 앞에 서 줄 수 있을까. 그를 믿는 우리에게 평온한 세상을 선물해 줄까.

저 앞에 리더 문재인이 웃고 있다. 앞으로 그는 우리에게 어떤 새로운 시작을 보여 줄까.

정의가 바로 서는 나라,
국민이 이기는 나라

2016년 7월, 국내 대기업 53곳이 강요에 의해 미르·K스포츠재단에 총 774억 원의 출연금을 냈다는 언론 보도가 나왔다. 민간 문화재단인 미르가 설립 두 달 만에 500억가량을 모았는데 청와대의 개입이 있었다는 것이다. 이후 미르·K스포츠재단과 관련한 온갖 의혹이 불거져 나왔고, 그때마다 최순실이라는 이름이 함께 거론되었다. 최순실은 박근혜 전 대통령에게 지대한 영향을 끼친 최태민 목사의 딸로, 그녀의 남편 정윤회 역시 2014년 청와대 문건 파동 때 비선 실세 논란의 핵심 인물이었다. 최순실은 오랫동안 박근혜 전 대통령과 친분을 유지하며 미르·K스포츠재단의 설립과 인사는 물론, 대통령의 해외 순방에까지 동행했다는 의혹을 받고 있었다. 자고 일어나면 의혹이 하나씩 터지는 상황에서 최순실의 딸인 정유라가 이화여자대학교 부정 입학에 학사 특혜까지 받았다는 사실이 알려졌고, 이는 흙수저, 금수저 같은 신계급론에 꿈을 잃어가던 20~30대 젊은 층의 분노를 샀다. 하지만 최순실이나 청와대 측에서는 시종일관 모든 사실을 부인하며 인정하지 않았고 의혹만 점점 더 커지면서 사그라지지 않았다.

그러다 2016년 10월 24일 JTBC가 입수한 최순실의 태블릿 PC에서 대통령 연설문부터 정부의 각종 정책 자료가 쏟아져 나왔다. '최순실 국정농단 의혹 사건'으로 정국이 요동치면서 여론이 심상치 않게 흘러가자, 박근혜 전 대통령은 JTBC 보도가 나간 다음 날 이례적으로 대국민사과를 통해 최순실에게 연설문 수정을 요청했다는 사실을 인정했다. 하지만 국정 초기에 잠깐 도움을 받았을 뿐이라는 박근혜 전 대통령의 말과 달리, 그날 저녁 JTBC는 최순실이 고위 공직자의 인사는 물론 정부 정책에까지 관여했다는 보도를 내보냈다. 국민들은 거짓말로 일관한 대통령의 대국민사과에 분노했고, 2016년 10월 29일 국정농단을 규탄하는 촛불 집회가 광화문에서 처음으로 열렸다. 박근혜 전 대통령은 여론의 심각성을 깨닫고, 11월 4일 2차 대국민사과를 내놓으며 검찰 수사를 수용하겠다고 밝혔다.

하지만 "내가 이러려고 대통령이 됐나 자괴감이 든다"라는 말로 오히려 국민들의 분노만 샀다.

숨 가빴던 국정농단 특검과 국정조사

최순실의 국정농단 의혹을 수사하라는 국민의 요구가 거세지자, 2016년 10월 27일 검찰은 특별수사본부를 꾸렸다. 최순실은 딸 정유라와 유럽에 머물며 귀국을 미루다가, 10월 30일 귀국했고 10월 31일 검찰에 출석하여 조사를 받던 중에 긴급 체포되었다. 이후 안종범 전 정책조정수석과 정호성 전 부속비서관, 차은택 CF 감독 등이 미르·K스포츠재단 강제 모금 및 청와대 문건 유출 혐의로 구속 수사를 받았다. 12월 11일, 검찰은 최순실과 안종범 전 수석의 공소장에 '대통령과 공모하여'라고 명시하며 최종 수사 결과를 발표했다.

한편 11월 30일 공식 출범한 특별검사(이하 특검)는 삼성물산과 제일모직 합병, 뇌물 공여, 문화계 블랙리스트, 정유라 이화여자대학교 입시, 최순실 국정 개입 등 15개의 수사 대상에 대해 수사를 진행했다. 조사 과정에서 안종범, 정호성, 김기춘 등 정부 인사 30여

명이 대거 구속, 기소되었고 삼성 이재용 부회장도 구속 수사를 받았다. 이후 특검은 30일 연장 조사를 요청했지만, 황교안 대통령 권한대행 국무총리가 받아들이지 않아 90일간의 수사를 끝으로 2월 28일 종료해야 했다. 3월 6일 특검은 박근혜 전 대통령에게 뇌물 혐의 등 13가지 혐의를 적용한 수사 결과를 최종 발표했고, 검찰은 다시 특검의 뒤를 이어 본격적으로 수사에 착수했다.

또한 특검이 진행되는 사이, 2016년 11월 17일부터 2017년 1월 15일까지 국회는 60일 동안 최순실 국정농단 사건에 대한 국정조사를 진행했다. 2016년 12월 6일 1차 청문회에서는 삼성전자 이재용 부회장, 현대자동차 정몽구 회장 등 대기업 총수가 증인으로 참석하기도 했다. 이렇듯 박근혜-최순실 비리에 대한 조사가 전방위에서 진행되었지만 박근혜 전 대통령과 그 측근들은 모든 사실을 전면 부인하면서 누군가의 기획에 따른 음모라고 주장했고, 토요일마다 광화문 광장을 밝히던 수십만 촛불은 대통령 하야를 넘어서 탄핵을 요구하기 시작했다.

헌정사상 최초의 대통령 파면과 5월 장미대선

토요일마다 대통령 탄핵을 요구하는 촛불 집회가 광화문 광장에서 열리자, 12월 9일 국회는 대통령 탄핵 소추안을 상정했고 재적 의원 300명 가운데 299명이 참여하여 찬성 234표, 반대 56표, 기권 2표, 무효 7표로 통과되었다. 이날 오후 7시 3분을 기해 박근혜 전 대통령은 대통령으로서 권한이 정지되었고, 황교안 국무총리가 권한대행이 되어 직무를 대신하게 되었다.

헌법재판소는 곧바로 탄핵 심판에 들어갔고, 2017년 3월 10일 오전 11시에 재판관 8명 전원 만장일치로 박근혜 전 대통령 파면을 결정했다. 당시 헌법재판소장 권한대행을 맡은 이정미 재판관은 "피청구인 대통령 박근혜를 파면한다"는 주문을 확정했고, 이로써 박근혜 전 대통령은 대통령직을 상실하게 되었다. 3월 12일 청와대를 나와 삼성동 사저로 돌아간 박근혜 전 대통령은 '진실은 반드시 밝혀질 것'이라는 말로 여전히 결백을 주장했다.

헌법재판소의 대통령 탄핵 인용 결정으로 19대 대선은 5월 장미 대선이 되었다. 정권 교체와 나라다운 나라에 대한 국민의 바람은 선거 내내 '문재인 대세론'으로 이어졌고, 10명이 넘는 대통령 후보 속에서 5명이 접전을 벌이며 안철수 국민의당 후보가 거세게 도전해 봤지만 '문재인 대세론'을 꺾지 못했다. 선거 기간 내내 문재인 더불어민주당 후보는 여론 조사에서 1위를 달렸고, 2017년 5월 9일 41.1%로 19대 대통령에 당선되었다. 문재인 대통령은 대구, 경북, 경남을 제외한 14개 지역에서 1위를 기록했고 10년 만에 정권 교체를 이뤄냈다. 19대 대선은 투표율이 77.2%로 80.7%를 기록한 1997년 15대 대선 다음으로 높은 수치였다.

2017년 5월 9일 밤 11시 45분, 문재인 대통령은 당선이 확실시되자 광화문 광장에서 "정의가 바로 서는 나라, 국민이 이기는 나라 꼭 만들겠습니다. 상식이 상식으로 통하는 나라다운 나라, 꼭 만들겠습니다. 혼신의 힘을 다해 새로운 나라 꼭 만들겠습니다"라고 밝혔다.

끝없는 자기반성과 혁신, 2017년 승리를 이끌다

문재인 대통령은 2012년 18대 대선에서 박근혜 전 대통령에게 패배한 이후, 철저한 반성과 뼈아픈 변신과 혁신으로 19대 대선의 승자가 되었다. 물론 촛불 민심이 큰 힘이 되기도 했지만, 지난 5년여 동안 변화하고 혁신하려는 자기 노력이 없었다면 촛불 민심의 지지를 받지 못했을 것이다.

문재인 대통령은 2012년 선거 이후, 패배 원인을 철저하게 분석했다. 2012년 대통령 선거에서 민주통합당은 당, 후보, 지지 세력이 각자 흩어져 일사불란하게 움직이지 못했고, 안철수 후보와 후보 단일화 과정 또한 매끄럽지 못했다. 야권이 하나로 뭉쳐서 선거를 치른다는 느낌보다는 분열되고 대립하는 양상을 보이면서 국민들의 믿음을 잃어갔다. 또한 대통령 후보로서 제대로 준비되었다기보다는 노무현 전 대통령의 서거로 정치를 시작하면서, 자발성과 적극성이 부족해 보였다. 문재인 대통령은 2012년 18대 대선 이후 준비와 실력이 부족했던 자신을 반성하며 다음을 준비했다. 그리고 그 결실은 2017년 19대 대선에서 드러났다.

문재인 대통령은 18대 대선 때와는 사뭇 달라진 모습으로 대중 앞에 섰다. 참신하고 새로운 인물들을 속속 영입하고 국민의당과 분당 내홍 속에서 당을 수습하기 위해 과감히 김종인 비상대책위원장을 영입하는 등 단호하고 결단력 있는 리더의 모습을 보여주었다. 그리고 18대 대선에서 보였던 후보와 당, 지지 세력의 분열을 막기 위해 스스로 많은 것을 내려놓고 타협하고 대화하면서 하나로 뭉치는 모습으로 19대 대선을 치렀다.

또한 19대 대선에서 주목할 점은 대구, 경북, 경남을 제외한 지역에서 1위를 하고, 경남에서 1위를 한 홍준표 후보에게 3% 정도밖에 밀리지 않는다는 사실이다. 대구, 경북에서 2위로 밀려나기는 했지만, 과거 김대중 전 대통령이나 노무현 전 대통령의 득표율과 비교하면 놀라운 성과이다. 국정농단과 대통령 탄핵, 촛불 집회 등으로 자유한국당에 보내는 대구, 경북 지역의 지지세가 예전과 비교해 많이 약해지기는 했지만, 지난 몇 년 동안 문재인 대통령이 보인 통합의 노력이 없었다면 오늘과 같은 결과를 얻기 쉽지 않았을 것이다.

정의가 바로 서는 나라, 국민이 이기는 나라

'박근혜-최순실 게이트'로 현직 대통령이 탄핵되면서 치러진 19대 대선은 역사적으로 남다른 의미를 가진다. 대통령 탄핵에서 새로운 대통령을 뽑기까지 국민들이 보여준 힘은 민주주의의 의미를 되새기고 헌법 정신을 곱씹는 계기가 되었다. "이게 나라냐"는 자조 섞인 한탄과 분노 속에서 국민들은 포기하기보다는 힘을 하나로 모아, 정의롭지도 공정하지 못했던 나라와 정치권, 기득권을 향해 사자후를 토해내듯이 토요일마다 광화문 광장에서 촛불을 들었다. 그리고 다시 시작된 광장의 정치와 국민의 힘은 역사의 한 페이지를 새롭게 쓰면서 나라의 미래를 만들어갔다.

19대 대통령 선거 이후, 《워싱턴포스트》는 이런 기사를 실었다.

"서방의 자유민주주의 위기가 절망적인 수준이고 좀먹는 국가주의가 부상하는 상황에서 한국은 민중의 힘이 여전히 살아 있다는 것을 제시한 반가운 사례이다."

이렇듯 해외 언론에서도 문재인의 대통령 당선은 민주주의의 승리고 희망이며 가치라고 평가했다. 그리고 역사는 민주주의를 되살리고 희망의 메시지를 심은 19대 대선과 대한민국 국민의 힘을 자랑스럽게 기억할 것이다.

문재인 대통령은 취임사에서 이렇게 이야기했다.

"저는 감히 약속드립니다. 2017년 5월 10일, 이날은 진정한 국민 통합이 시작되는 날로 역사에 기록될 것입니다. 존경하고 사랑하는 국민 여러분, 힘들었던 지난 세월 국민들은 이게 나라냐고 물었습니다. 대통령 문재인은 바로 그 질문에서 새로 시작하겠습니다.

······ 권위적 대통령 문화를 청산하겠습니다. ······ 그 어떤 권력 기관도 무소불위 권력 행사를 하지 못하게 견제 장치를 만들겠습니다. ······ 거듭 말씀드립니다. 문재인과 더불어민주당 정부에서 기회는 평등할 것입니다. 과정은 공정할 것입니다. 결과는 정의로울 것입니다."

국민의 질문에서 시작하겠다는 문재인 대통령, 이제 우리는 그의 답을 기다린다.

문재인의
나라다운 나라

부록

문재인 대통령 당선 소감

(2017년 5월 9일 광화문 광장)

사랑하는 국민 여러분 안녕하십니까, 문재인입니다.

고맙습니다. 정말 고맙습니다.

정의로운 나라, 통합의 나라, 원칙과 상식이 통하는

나라다운 나라 만들기 위해 함께하신

위대한 국민들의 위대한 승리입니다.

함께 경쟁했던 후보들에게도 위로와 감사를 전합니다.

새로운 대한민국을 위해 그분들과도 손잡고 함께 전진하겠습니다.

내일부터 저는 국민 모두의 대통령이 되겠습니다.

저를 지지하지 않았던 분들도 섬기는 통합 대통령이 되겠습니다.

존경하는 국민 여러분,

국민들의 간절한 소망과 염원, 절대로 잊지 않겠습니다.

정의가 바로 서는 나라, 국민이 이기는 나라 꼭 만들겠습니다.

상식이 상식으로 통하는 나라다운 나라, 꼭 만들겠습니다.

혼신의 힘을 다해 새로운 나라 꼭 만들겠습니다.

국민만 보고 바른 길로 가겠습니다.

위대한 대한민국, 정의로운 대한민국, 당당한 대한민국.

그 대한민국의 자랑스러운 대통령이 되겠습니다.

감사합니다.

대한민국 제19대 대통령 취임사
'국민께 드리는 말씀'
(2017년 5월 10일 여의도 국회의사당)

　존경하고 사랑하는 국민 여러분,

　감사합니다. 국민 여러분의 위대한 선택에 머리 숙여 깊이 감사드립니다. 저는 오늘 대한민국 19대 대통령으로서 새로운 대한민국을 향해 첫걸음을 내딛습니다. 지금 제 두 어깨는 국민 여러분으로부터 부여받은 막중한 소명감으로 무겁고, 제 가슴은 한 번도 경험하지 못한 나라를 만들겠다는 열정으로 뜨겁습니다. 지금 제 머리는 통합과 공존의 새로운 세상을 열어갈 청사진으로 가득 차 있습니다.

　우리가 만들어가려는 새로운 대한민국은 숱한 좌절과 패배에도 불구하고 우리의 선대들이 일관되게 추구했던 나라입니다. 또 많은 희생과 헌신을 감내하며 우리 젊은이들이 그토록 이루고 싶어 했던 나라입니다. 그런 대한민국을 만들기 위해 저는 역사와 국민 앞에 두렵지만 겸허한 마음으로 대한민국 제19대 대통령으로서의 책임과 소명을 다할 것임을 천명합니다.

함께 선거를 치른 후보들께 감사의 말씀과 함께 심심한 위로를 전합니다. 이번 선거에서는 승자도 패자도 없습니다. 우리는 새로운 대한민국을 함께 이끌어가야 할 동반자입니다. 이제 치열했던 경쟁의 순간을 뒤로하고 함께 손을 맞잡고 앞으로 전진해야 합니다.

존경하는 국민 여러분,

지난 몇 달 우리는 유례없는 정치적 격변기를 겪었습니다. 정치는 혼란스러웠지만 국민은 위대했습니다. 현직 대통령의 탄핵과 구속 앞에서도 국민들이 대한민국의 앞길을 열어주셨습니다. 전화위복의 기회로 승화시켜 새로운 길을 열었습니다. 우리 국민들은 좌절하지 않고 오히려 이를 전화위복의 계기로 승화시켜 마침내 오늘 새로운 세상을 열었습니다. 대한민국의 위대함은 국민의 위대함입니다.

그리고 이번 대통령 선거에서 우리 국민들은 또 다른 역사를 만들어주셨습니다. 전국 각지에서 골고른 지지로 새로운 대통령을 만들어주셨습니다. 오늘부터 저는 국민 모두의 대통령이 되겠습니다. 저를 지지하지 않은 국민 한 분 한 분도 저의 국민이고, 우리의 국민으로 섬기겠습니다.

저는 감히 약속드립니다. 2017년 5월 10일, 이날은 진정한 국민 통합이 시작되는 날로 역사에 기록될 것입니다.

존경하고 사랑하는 국민 여러분,

힘들었던 지난 세월 국민들은 이게 나라냐고 물었습니다. 대통령 문재인은 바로 그 질문에서 새로 시작하겠습니다. 오늘부터 나라를 나라답게 만드는 대통령이 되겠습니다.

구시대의 잘못된 관행과 과감히 결별하겠습니다. 대통령부터 새로워지겠습니다.

우선 권위적 대통령 문화를 청산하겠습니다. 준비를 마치는 대로 지금의 청와대에서 나와 광화문 대통령 시대를 열겠습니다. 참모들과 머리와 어깨를 맞대고 토론하겠습니다. 국민과 수시로 소통하는 대통령이 되겠습니다. 주요 사안은 대통령이 직접 언론에 브리핑하겠습니다.

퇴근길에는 시장에 들러 마주치는 시민들과 격의 없는 대화를 나누겠습니다. 때로는 광화문광장에서 대토론회를 열겠습니다. 대통령의 제왕적 권력을 최대한 나누겠습니다. 권력 기관은 정치로부터 완전히 독립시키겠습니다. 그 어떤 권력 기관도 무소불위 권력 행사를 하지 못하게 견제 장치를 만들겠습니다.

낮은 자세로 일하겠습니다. 국민과 눈높이를 맞추는 대통령이 되겠습니다.

안보 위기도 서둘러 해결하겠습니다. 한반도 평화를 위해 동분서주하겠습니다. 필요하면 곧바로 워싱턴으로 날아가겠습니다. 베이징과 도쿄에도 가고. 여건이 조성되면 평양에도 가겠습니다.

한반도 평화 정착을 위해서라면 제가 할 수 있는 모든 일을 다하겠습니다.

한미 동맹은 더욱 강화하겠습니다. 한편으로 사드 문제 해결을 위해 미국 및 중국과 진지하게 협상하겠습니다.

튼튼한 안보는 막강한 국방력에서 비롯됩니다. 자주국방력 강화를 위해 노력하겠습니다.

북핵 문제를 해결할 토대도 마련하겠습니다. 동북아 평화 구조를 정착시켜 한반도 긴장 완화의 전기를 마련하겠습니다.

분열과 갈등의 정치도 바꾸겠습니다. 보수와 진보의 갈등은 끝나야 합니다. 대통령이 나서서 직접 대화하겠습니다. 야당은 국정 운영의 동반자입니다. 대화를 정례화하고 수시로 만나겠습니다.

전국적으로 고르게 인사를 등용하겠습니다. 능력과 적재적소를 인사의 대원칙으로 삼겠습니다. 저에 대한 지지 여부와 상관없이 유능한 인재를 삼고초려해 일을 맡기겠습니다.

나라 안팎으로 경제가 어렵습니다. 민생도 어렵습니다. 선거 과정에서 약속했듯이 무엇보다 먼저 일자리를 챙기겠습니다. 동시에 재벌 개혁에도 앞장서겠습니다. 문재인 정부하에서는 정경유착이란 낱말이 완전히 사라질 것입니다.

지역과 계층과 세대간 갈등을 해소하고 비정규직 문제도 해결의 길을 모색하겠습니다. 차별 없는 세상을 만들겠습니다.

거듭 말씀드립니다. 문재인과 더불어민주당 정부에서 기회는 평등할 것입니다. 과정은 공정할 것입니다. 결과는 정의로울 것입니다.

존경하는 국민 여러분,

이번 대통령선거는 전임 대통령의 탄핵으로 치러졌습니다. 불행한 대통령의 역사가 계속되고 있습니다. 이번 선거를 계기로 이 불행한 역사는 종식돼야 합니다.

저는 대한민국 대통령의 새로운 모범이 되겠습니다. 국민과 역사가 평가하는 성공한 대통령이 되기 위해 최선을 다하겠습니다. 그래서 지지와 성원에 보답하겠습니다.

깨끗한 대통령이 되겠습니다. 빈손으로 취임하고 빈손으로 퇴임하는 대통령이 되겠습니다. 훗날 고향으로 돌아가 평범한 시민이 되어 이웃과 정을 나눌 수 있는 대통령이 되겠습니다. 국민 여러분의 자랑으로 남겠습니다.

약속을 지키는 솔직한 대통령이 되겠습니다. 선거 과정에서 제가 했던 약속들을 꼼꼼하게 챙기겠습니다. 대통령부터 신뢰받는 정치를 솔선수범해야 진정한 정치 발전이 가능할 것입니다. 불가능한 일을 하겠다고 큰소리치지 않겠습니다. 잘못한 일은 잘못했다고 말씀드리겠습니다. 거짓으로 불리한 여론을 덮지 않겠습니다. 공정한 대통령이 되겠습니다.

특권과 반칙이 없는 세상을 만들겠습니다. 상식대로 해야 이득을 보는 세상을 만들겠습니다. 이웃의 아픔을 외면하지 않겠습니다. 소외된 국민이 없도록 노심초사하는 마음으로 항상 살피겠습니다.

국민들의 서러운 눈물을 닦아드리는 대통령이 되겠습니다. 소통하는 대통령이 되겠습니다. 낮은 사람, 겸손한 권력이 돼 가장 강력한 나라를 만들겠습니다. 군림하고 통치하는 대통령이 아니라 대화하고 소통하는 대통령이 되겠습니다.

광화문시대 대통령이 되어 국민과 가까운 곳에 있겠습니다. 따뜻한 대통령, 친구 같은 대통령으로 남겠습니다.

사랑하고 존경하는 국민 여러분,

2017년 5월 10일 오늘 대한민국이 다시 시작합니다. 나라를 나라답게 만드는 대역사가 시작됩니다. 이 길에 함께해 주십시오. 저의 신명을 바쳐 일하겠습니다. 감사합니다.

5·18민주화운동 제37주년 기념식 기념사

(2017년 5월 18일 국립 5·18 민주묘지)

존경하는 국민 여러분!

오늘 5·18민주화운동 37주년을 맞아, 5·18묘역에 서니 감회가 매우 깊습니다. 37년 전 그날의 광주는 우리 현대사에서 가장 슬프고 아픈 장면이었습니다.

저는 먼저 80년 오월의 광주 시민들을 떠올립니다. 누군가의 가족이었고 이웃이었습니다. 평범한 시민이었고 학생이었습니다. 그들은 인권과 자유를 억압받지 않는, 평범한 일상을 지키기 위해 목숨을 걸었습니다.

저는 대한민국 대통령으로서 광주 영령들 앞에 깊이 머리 숙여 감사드립니다. 오월 광주가 남긴 아픔과 상처를 간직한 채 오늘을 살고 계시는 유가족과 부상자 여러분께도 깊은 위로의 말씀을 전합니다.

1980년 오월 광주는 지금도 살아 있는 현실입니다. 아직도 해결되지 않은 역사입니다. 대한민국의 민주주의는 이 비극의 역사를 딛고 섰습니다.

광주의 희생이 있었기에 우리의 민주주의는 버티고, 다시 일어설수 있었습니다. 저는 오월 광주의 정신으로 민주주의를 지켜주신 광주시민과 전남도민 여러분께 각별한 존경의 말씀을 드립니다.

존경하는 국민 여러분!

5·18은 불의한 국가 권력이 국민의 생명과 인권을 유린한 우리현대사의 비극이었습니다. 하지만 이에 맞선 시민들의 항쟁이 민주주의의 이정표를 세웠습니다.

진실은 오랜 시간 은폐되고, 왜곡되고, 탄압 받았습니다. 그러나서슬 퍼런 독재의 어둠 속에서도 국민들은 광주의 불빛을 따라 한걸음씩 나아갔습니다. 광주의 진실을 알리는 일이 민주화운동이 되었습니다.

부산에서 변호사로 활동하던 저도 다르지 않았습니다. 저 자신도

5·18 때 구속된 일이 있었지만 제가 겪은 고통은 아무것도 아니었습니다.

광주의 진실은 저에게 외면할 수 없는 분노였고, 아픔을 함께 나누지 못했다는 크나큰 부채감이었습니다. 그 부채감이 민주화운동에 나설 용기를 주었습니다. 그것이 저를 오늘 이 자리에 서기까지 성장시켜준 힘이 됐습니다.

마침내 오월 광주는 지난겨울 전국을 밝힌 위대한 촛불혁명으로 부활했습니다. 불의에 타협하지 않는 분노와 정의가 그곳에 있었습니다. 나라의 주인은 국민임을 확인하는 함성이 그곳에 있었습니다. 나라를 나라답게 만들자는 치열한 열정과 하나 된 마음이 그곳에 있었습니다.

저는 이 자리에서 감히 말씀드립니다. 새롭게 출범한 문재인 정부는 광주민주화운동의 연장선 위에 서 있습니다.

1987년 6월 항쟁과 국민의 정부, 참여정부의 맥을 잇고 있습니다.

저는 이 자리에서 다짐합니다. 새 정부는 5·18민주화운동과 촛불혁명의 정신을 받들어 이 땅의 민주주의를 온전히 복원할 것입니다. 광주 영령들이 마음 편히 쉬실 수 있도록 성숙한 민주주의 꽃을 피워낼 것입니다.

여전히 우리 사회의 일각에서는 오월 광주를 왜곡하고 폄훼하려는 시도가 있습니다. 용납될 수 없는 일입니다. 역사를 왜곡하고 민주주의를 부정하는 일입니다. 우리는 많은 사람들의 희생과 헌신으로 이룩된 이 땅의 민주주의의 역사에 자부심을 가져야 합니다.

새 정부는 5·18민주화운동의 진상을 규명하는 데 더욱 큰 노력을 기울일 것입니다. 헬기 사격까지 포함하여 발포의 진상과 책임을 반드시 밝혀내겠습니다. 5·18 관련 자료의 폐기와 역사 왜곡을 막겠습니다. 전남도청 복원 문제는 광주시와 협의하고 협력하겠습니다.

완전한 진상 규명은 결코 진보와 보수의 문제가 아닙니다. 상식과 정의의 문제입니다. 우리 국민 모두가 함께 가꾸어야 할 민주주의의 가치를 보존하는 일입니다.

5·18 정신을 헌법 전문에 담겠다는 저의 공약도 지키겠습니다. 광주 정신을 헌법으로 계승하는 진정한 민주공화국 시대를 열겠습니다.

5·18민주화운동은 비로소 온 국민이 기억하고 배우는 자랑스러운 역사로 자리매김 될 것입니다. 5·18 정신을 헌법 전문에 담아 개헌을 완료할 수 있도록 이 자리를 빌어서 국회의 협력과 국민 여러분의 동의를 정중히 요청 드립니다.

존경하는 국민 여러분!

〈임을 위한 행진곡〉은 단순한 노래가 아닙니다. 오월의 피와 혼이 응축된 상징입니다. 5·18민주화운동의 정신, 그 자체입니다.

〈임을 위한 행진곡〉을 부르는 것은 희생자의 명예를 지키고 민주주의의 역사를 기억하겠다는 것입니다. 오늘 〈임을 위한 행진곡〉의 제창은 그동안 상처받은 광주 정신을 다시 살리는 일이 될 것입니다. 오늘의 제창으로 불필요한 논란이 끝나기를 희망합니다.

존경하는 국민 여러분!

2년 전, 진도 팽목항에 5·18의 엄마가 4·16의 엄마에게 보낸 펼침막이 있었습니다. "당신 원통함을 내가 아오. 힘내소. 쓰러지지마시오"라는 내용이었습니다. 국민의 생명을 짓밟은 국가와 국민의 생명을 지키지 못한 국가를 통렬히 꾸짖는 외침이었습니다.

다시는 그런 원통함이 반복되지 않도록 하겠습니다. 국민의 생명과 사람의 존엄함을 하늘처럼 존중하겠습니다. 저는 그것이 국가의 존재 가치라고 믿습니다.

저는 오늘, 오월의 죽음과 광주의 아픔을 자신의 것으로 삼으며세상에 알리려 했던 많은 이들의 희생과 헌신도 함께 기리고 싶습니다.

1982년 광주교도소에서 광주진상규명을 위해 40일 간의 단식으
　　　로 옥사한 스물아홉 살, 전남대생 박관현

1987년 '광주사태 책임자 처벌'을 외치며 분신 사망한 스물다섯
　　　살, 노동자 표정두

1988년 '광주학살 진상규명'을 외치며 명동성당 교육관 4층에서
　　　투신 사망한 스물네 살, 서울대생 조성만

1988년 '광주는 살아 있다' 외치며 숭실대 학생회관 옥상에서 분
　　　신 사망한 스물다섯 살, 숭실대생 박래전

수많은 젊음들이 5월 영령의 넋을 위로하며 자신을 던졌습니다.
책임자 처벌과 진상 규명을 촉구하기 위해 목숨을 걸었습니다.

국가가 책임을 방기하고 있을 때, 마땅히 밝히고 기억해야 할 것
들을 위해 자신을 바쳤습니다. 진실을 밝히려던 많은 언론인과 지식
인들도 강제해직되고 투옥 당했습니다.

저는 오월의 영령들과 함께 이들의 희생과 헌신을 헛되이 하지 않
고 더 이상 서러운 죽음과 고난이 없는 대한민국으로 나아가겠습니

다. 참이 거짓을 이기는 대한민국으로 나아가겠습니다.

광주 시민들께도 부탁드립니다. 광주 정신으로 희생하며 평생을 살아온 전국의 5·18들을 함께 기억해주십시오. 이제 차별과 배제, 총칼의 상흔이 남긴 아픔을 딛고 광주가 먼저 정의로운 국민 통합에 앞장서주십시오.

광주의 아픔이 아픔으로 머무르지 않고 국민 모두의 상처와 갈등을 품어 안을 때, 광주가 내민 손은 가장 질기고 강한 희망이 될 것입니다.

존경하는 국민 여러분!

오월 광주의 시민들이 나눈 '주먹밥과 헌혈'이야말로 우리의 자존의 역사입니다. 민주주의의 참모습입니다. 목숨이 오가는 극한 상황에서도 절제력을 잃지 않고 민주주의를 지켜낸 광주 정신은 그대로 촛불 광장에서 부활했습니다.

촛불은 5·18민주화운동의 정신 위에서 국민 주권 시대를 열었습니다. 국민이 대한민국의 주인임을 선언했습니다. 문재인 정부는 국민의 뜻을 받드는 정부가 될 것임을 광주 영령들 앞에 천명합니다.

서로가 서로를 위하고 서로의 아픔을 어루만져주는 대한민국이 새로운 대한민국입니다. 상식과 정의 앞에 손을 내미는 사람들이 많아질수록 숭고한 5·18 정신은 현실 속에서 살아 숨 쉬는 가치로 완성될 것입니다.

다시 한 번 삼가 5·18 영령들의 명복을 빕니다.

감사합니다.

盧 전 대통령 추도사 전문

(2017년 5월 23일 김해 봉하마을
고(故) 노무현 전 대통령 8주기 추도식)

8년의 세월이 흘렀는데도, 이렇게 변함없이 노무현 대통령과 함께 해주셔서, 무어라고 감사 말씀 드릴지 모르겠습니다. 제가 대선 때 했던 약속, 오늘 이 추도식에 대통령으로 참석하겠다고 한 약속을 지킬 수 있게 해주신 것에 대해서도 깊이 감사드립니다.

노무현 대통령님도 오늘만큼은, 여기 어디에선가 우리들 가운데서, 모든 분들께 고마워하면서, "야, 기분 좋다!" 하실 것 같습니다.

애틋한 추모의 마음이 많이 가실 만큼 세월이 흘러도, 더 많은 사람들이 노무현의 이름을 부릅니다.

노무현이란 이름은 반칙과 특권이 없는 세상, 상식과 원칙이 통하는 세상의 상징이 되었습니다.

우리가 함께 아파했던 노무현의 죽음은 수많은 깨어 있는 시민들로 되살아났습니다.

그리고 끝내 세상을 바꾸는 힘이 되었습니다.

저는 요즘 국민들의 과분한 칭찬과 사랑을 받고 있습니다.

제가 뭔가 특별한 일을 해서가 아닙니다.

그냥, 정상적인 나라를 만들겠다는 노력, 정상적인 대통령이 되겠다는 마음가짐이 특별한 일처럼 되었습니다.

정상을 위한 노력이 특별한 일이 될 만큼 우리 사회가 오랫동안 심각하게 비정상으로 병들어 있었다는 뜻입니다.

노무현 대통령님의 꿈도 다르지 않았습니다.

민주주의와 인권과 복지가 정상적으로 작동하는 나라, 지역주의와 이념 갈등, 차별의 비정상이 없는 나라가 그의 꿈이었습니다.

그런 나라를 만들기 위해, 대통령부터 먼저 초법적인 권력과 권위를 내려놓고, 서민들의 언어로 국민들과 소통하고자 노력했습니다.

그러나 이상은 높았고, 힘은 부족했습니다.

현실의 벽을 넘지 못했습니다.

노무현의 좌절 이후 우리 사회, 특히 우리의 정치는 더욱 비정상을 향해 거꾸로 흘러갔고, 국민의 희망과 갈수록 멀어졌습니다.

하지만 이제 그 꿈이 다시 시작됐습니다.

노무현의 꿈은 깨어 있는 시민의 힘으로 부활했습니다.

우리가 함께 꾼 꿈이 우리를 여기까지 오게 했습니다.

이제 우리는 다시 실패하지 않을 것입니다.

우리는 이명박, 박근혜 정부뿐 아니라, 김대중, 노무현 정부까지, 지난 20년 전체를 성찰하며 성공의 길로 나아갈 것입니다.

우리의 꿈을, 참여정부를 뛰어넘어 완전히 새로운 대한민국, 나라다운 나라로 확장해야 합니다.

노무현 대통령님을 지켜주지 못해 미안한 마음을 이제 가슴에 묻고, 다 함께 나라다운 나라를 만들어 봅시다.

우리가 안보도, 경제도, 국정 전반에서 훨씬 유능함을 다시 한 번 보여줍시다.

저의 꿈은 국민 모두의 정부, 모든 국민의 대통령입니다. 무엇보다 중요한 것은 국민의 손을 놓지 않고 국민과 함께 가는 것입니다.

개혁도, 저 문재인의 신념이기 때문에, 또는 옳은 길이기 때문에 하는 것이 아니라, 국민과 눈을 맞추면서, 국민이 원하고 국민에게 이익이기 때문에 하는 것이라는 마음가짐으로 나가겠습니다.

국민이 앞서가면 더 속도를 내고, 국민이 늦추면 소통하면서 설득하겠습니다.

문재인 정부가 못 다한 일은 다음 민주정부가 이어나갈 수 있도록 단단하게 개혁해나가겠습니다.

노무현 대통령님, 당신이 그립습니다. 보고 싶습니다.

하지만 저는 앞으로 임기 동안 대통령님을 가슴에만 간직하겠습니다. 현직 대통령으로서 이 자리에 참석하는 것은 오늘이 마지막일 것입니다.

이제 당신을 온전히 국민께 돌려드립니다. 반드시 성공한 대통령이 되어 임무를 다한 다음 다시 찾아뵙겠습니다.

그때 다시 한 번, 당신이 했던 그 말,

"야, 기분 좋다!"

이렇게 환한 웃음으로 반겨주십시오.

다시 한 번 참석해주신 여러분께 감사드리고, 꿋꿋하게 견뎌주신 권양숙 여사님과 유족들께 위로 말씀을 드립니다.

감사합니다.

2017년 5월 23일

대통령 문재인

❦ 장혜민

스토리텔링북스(Storytelling Books) 대표이자 평전 전문작가로 활동하고 있다. 러시아 문학을 전공했고 정치, 경제, 생활, 인물 등 다양한 분야의 출판 전문작가이다. 저서로는 《김수환 추기경 평전》, 《바보가 바보들에게》, 《바보 노무현》, 《러시아 여행》 등이 있으며 번역한 책으로 《사람은 무엇으로 사는가》, 《고골리 단편선》, 《톨스토이 단편선》 등이 있다.

문재인의
나라다운 나라

＊이 책은 《문재인 스타일》의 개정증보판입니다.

초판 1쇄 펴낸 날 | 2017년 6월 20일

지은이 | 장혜민
발행인 | 장영재
펴낸곳 | (주)미르북컴퍼니
자회사 | 더휴먼
전 화 | 02)3141-4421
팩 스 | 02)3141-4428
등 록 | 2012년 3월 16일(제313-2012-81호)
주 소 | 서울특별시 마포구 성미산로32길 12, 2층(우 03983)
E-mail | sanhonjinju@naver.com
카 페 | cafe.naver.com/mirbookcompany